安吾史譚　目次

天草四郎

天草四郎《あまくさしろう》という美少年は実在した人物には相違ないが、確実な史料から彼の人物を知ることはほとんどできない。

天草島原の乱のテンマツ自体が、パジェスの記事や、海上から原城を砲撃したオランダの船長の書いたものなどで日本の史料を補っているような有様《ありさま》であるが、史料の筆者たる日本人も外国人も、一揆《いっき》の内部のことには知識がなく、外部の日本人は特に切支丹《キリシタン》宗門の内情に不案内であるし、外国人も間接的な風聞《ふうぶん》を書きとめている程度にすぎない。

籠城《ろうじょう》の一揆軍は全滅したと伝えられ、生き残りは油絵師の山田右衛門作ぐらいに考えられているが、だんだんそうではないことが分ってきたようだ。

五島《ごとう》には参謀長格の大幹部が脱出土着してその子孫が現存し、系図や遺品もあるそうで、他にも落武者がかなりあったようだ。幕府の連合軍たる各藩へ私的な縁故を辿《たど》ったりして降伏して仕えるようになったのもあり、それは幕府の記録に残らなかっただけのようだ。

だいたいこの一揆は、天草島と島原半島と別個に起り、天草は純然たる切支丹一揆だが、島原は領主の苛政《かせい》による農民一揆であった。この二ツが合流して原の廃城へたてこもったのだが、天草の切支丹一揆といえども十六の美少年の説教だけで事が起るわけはなく、多くの黒幕の浪人どもが居《お》った。また島原の農民一揆が天草の切支丹一揆に合流するまでにも、天草の黒幕だけではなく島原側にも土着の策師や浪人たちがレンラク談合して渡りがついたもので、この黒幕の策師たちが全て切支丹かどうかもハッキリしないが、切支丹であっても、より多く策師的であったことは十六の美少年を利用してほぼ全島的な叛乱へ持って行った謀略の数々で想像される。

このように参謀格の黒幕に限って己《おの》れの保身に長じているのは歴史も現代も語るところで、彼らがひそかに脱出に成功していることがようやく今日に至って判明したところでフシギはない。

その点、生れた土地にだけイノチの根が生えていて落ち行く先の目当てがない農民たちは、全滅以外に才覚も浮かばなかったであろう。戦闘員が全滅してのち、城内の空壕《からぼり》に三千人ほどの女と子供がひそんでいて捕えられた。しかし一人も棄教《ききょう》に応ぜず「喜々として」死んだという。幕府軍の総指揮官松平伊豆守《いずのかみ》の子供（当時十八歳）の従軍日記にそう書いてある。そして信仰の根強さに一驚しているのである。

だが、信仰の根強さだけではなかろう。日本人がそうなのだ。今度の戦争でも、南海北海の島々で、日本婦人の一団がそのようにして、まるで敗戦の儀式のように美しく自害して果てた。

男に比して自主性が低く、かねて与えられた覚悟のほかに才覚がつかないような理由もあろうし、目の前に戦死した親や良人《おっと》や兄弟を見て己れの生を望む心を失うのも当然な理由であろうが、彼女らが己れ自らを美化し、美とともに去る魂の持主であったことも忘るべきではない。

三原山の火口自殺の始祖も幾人かの女学生の一行だったが、死を美とみ、もしくは美しく死ぬという考えは日本の婦人には非常に根強いもののようだ。これは強制されて出来ることではなく、自発的か、追いつめられてなるにしてもすでに夢に酩酊《めいてい》しているか、いずれかであろうが、男子の多くが最後の瞬間まで生きたい才覚と苦闘する率が多いのに比べて覚悟を決した女子の多くが雑念なく、ただ己れの愴美《そうび》に酔い得た俳優のように生き生きと美しく死ぬことができ易《やす》いのは確かなようだ。

島原方の農民一揆勢は天草方と合流し籠城してのちに自然に宗門に帰依《きえ》したもので、その信仰は行きがかりの俄《にわ》かづくりであったし、捕われた三千人の女子供の中にも島原の農婦は少《すく》なくはなかったであろう。日本の切支丹史では特に切支丹信徒の殉教を日本人にも稀《ま》れな特例と見ているようだが、それは切支丹学者が己れの宗門に偏しての見方で、公平な見解ではない。城を枕に、一族一門の運命に美しく殉じた日本婦人は別に珍しいことではないのである。

原城の落武者組の手記があると一揆の全貌や天草四郎の人物なども相当ハッキリしたであろうが、遺品はあっても、手記はないようだ。

長崎図書館に南高来郡《たかき》もしくは高来郡一揆の記という写本があって、これが一揆側の誰かの手になる手記ではないかという説もあるが、そう断定する根拠もない。

しかし、島原半島の庄屋名主《なぬし》たちが会合して、こう課税が重くては生きる瀬がない、いっそ天草の切支丹一揆に合流しようと相談がまとまるテンマツなど、いかにも渦中の人物が涙ながらに書いたような哀《あわ》れさがあり、一揆側の様子が主として同情的に書かれていることは事実であるが、史料としてどの程度に信頼しうるものやら、私には見当がつかないし、相当文学的の部分もあるようにも思う。

結局、天草島原の乱でフシギなほど今もハッキリ残っているのは、原の廃城である。昔の原型をほぼ保って、そっくり畑になってるようなもの。三千人の女子供が隠れていて捕われたという空壕までそっくり残って、そのまま畑になっている。幕府軍が大砲をすえた台地のいくつかも昔の姿を今もとどめてそのまま畑になっている。

すべての物が自然に亡びつつあるときに、これはいささか異様きわまる景観であった。

このあたりの農民は乱によってあらかた死滅したので、無住の地となり、荒れるにまかせ、白骨は風雨にさらされて十年の年月がすぎた。十年後に他国から農民を移住せしめたというから、今の住民の先祖はこの乱には関係がないのであるが、全滅した前住民の霊を怖れるような意識がはたらいてか、偶然か、ともかく、ほぼ原型のまま煙になっている。陣立ての図面に合せて攻撃防戦の様子を思い描くのは容易である。

英雄の盛衰を語るツワモノどもの夢の跡とちがって、ここに白骨をさらした多くの人々は悪政に苦しみ、生きる喜びも目当ても失い、のッぴきならぬ暴動にかりたてられた農民たちであった。その白骨をとりかたづけて再び耕《たがや》しはじめた人々には、宗門も異《こと》なり、なんら血のツナガリもないとはいえ、土と共に生きる人々の魂に通じて鳴りひびく何かはあろう。英雄の夢の跡は茫々《ぼうぼう》として詩情をたたえているかも知れぬが、ここにはそのように大ゲサなものは何もない。小ヂンマリとした廃城の地形をソックリ残しているとはいえ、実に平凡に、よく耕された畑。しかも百坪ほどの空壕までそッくり原型のままに実に、よく耕された畑である。

その日は初夏の太陽がまぶしい光をジャガ芋と麦の畑にふりそそいでいた。私は空壕の下に小ヂンマリとよく耕された畑を見ているうちに笑いがこみあげてきた。太陽と土とだけで生活している魂の笑いが、私にものりうつったようだった。

「実に平凡な、妙に宿命的なジャガ芋畑だ」

私が見た原城の跡はそのようなものであった。したがって、私がそこで見た天草四郎も、農民の平凡な魂が神の生れ代りと信仰した少年で、そのような少年に具《そな》わるものは何だろうか、と考えた。

四郎は非常に美しい特別の装束《しょうぞく》を身につけていたそうだ。四郎が楼上《ろうじょう》で碁《ご》をうっていたとき、城外から矢がとんできて袖を射ぬいた。天人（四郎をそうよんでいたように書いてる本もある）にも矢が当るというので、籠城の農民たちに甚《はなは》だしく精神的な動揺が起ったという。それが落城のキザシで、急速に戦意が衰えたといわれてもいる。

そのへんまでは史実にちかいものであるらしいが、そのとき射ぬかれた四郎の袖は桜の花か何かの燃えるようにあでやかな模様のものであったというようなのは講釈本の説である。しかし、それが案外天人四郎の真相の一端を巧みにつかんでいるのではないかとも思うのである。

楼上で碁をうっていたという。楼とはどんなものであるか分らない。原城はすでに当時から廃城で、この城をこわして島原城へ移転した。そのとき石垣まで持ち去って地形だけ残ったのみの廃城であった。一揆軍はそこへ木材をはこんで小屋がけし竹矢来を作って石垣や塀に代えた。だから楼といっても俄か造りのバラックに相違ないが、とにかく楼上で碁をうっていたというのが、支那《しな》の帝王の威風を見るようで、おもしろい。

そこに必要なのは絶対に威風であろうから、紙や板で間に合せた碁盤ではなかったろう。天皇旗と同じように、天人旗だか四郎旗だか知らぬけれども、とにかく四郎の旗というものがあって、それが分捕《ぶんど》られて今日に伝わっている。油絵師の誰かが泥絵具で天使とカリスを書いたかなり美しいもので、このような四郎の附属品から見ても、彼の日用品は決してバラック的ではなかったに相違ない。その点にかけては注意が払われ、謀略の主たるものがそこにこもってもいるのだから、すべて人の目をおどろかすにたる凝《こ》った品々であったに相違ないと思われる。

楼上で楽器をかなでるなどというと月並だが、碁というのがおもしろいな。なんとなく大人ぶった神童ぶり。利巧《りこう》で美少年ということから想像される可憐さよりも、実質的に力量のこもった威風の発現に注意が向けられているようで、すでに天人四郎ができあがっているという感じがする。当時は碁というものが、農民に驚異の高級娯楽であったかも知れない。あるいは名将軍師の秘技と目《もく》せられていたかも知れぬ。

＊

一説によると、四郎は童貞マリヤに容貌の似た美少年であったろうといわれているが、昔の本にそう書かれているわけではなく、今日の一部の切支丹学者の想像によるものである。しかし、うがった説ではある。

当時の切支丹の信仰は童貞マリヤにそなわる魅力がかなり大きな原因であったことも確かであろう。切支丹が実生活において特に異教徒に誇ったことは男女関係の正しさで、ひいて童貞や純潔はアコガレの象徴というべきものだ。髯《ひげ》ヅラの切支丹武士が胸に十字架と童貞マリヤの絵姿をひめて戦争に出陣した話なども伝わっており、また、その秘仏はマリヤ観音であり、童貞マリヤの信仰はキリストと常に切りはなせない切実なものであった。

童貞マリヤの顔はたしかに日本の美少年にありうる顔である。マリヤに似た美少年ということは天の子四郎という信仰の素地をつくる要素として、また天の子たる所以《ゆえん》の説得力としても、甚だ簡便で有利で明快な属性ではあろう。そんな風に想像してみるのも思いつきであろう。

しかし、黒幕の浪人の手が加わって、天人四郎として信徒獲得の遊説《ゆうぜい》にのりだしたときは、童貞マリヤの顔から想像しうる可憐でやさしい美少年四郎ではなかった。

彼は十六の少年ながら、非常に説教がうまかったという。そして、秘密の遊説にもすでに天人たる特別の装束をまとって、特別の威儀ある作法を身につけていたようだ。

村々に密使が走って、天人現る、天人当地に来たる、の秘報を伝え、宣伝は甚だ活潑であり、サクラや手品の術を用いて四郎の奇蹟は衆目の前で実演された。ガンコな反切支丹派と目せられていた男が集会の席へのりこみ、四郎の法力《ほうりき》で全身しびれてオシとなり涙ながらにアワレミを乞うたという。

そのような四郎は果《はた》してどの程度の神童であろうか。たしかに名演技者であろう。しかし、その名演技の裏側に多くの黒幕たちの甚だ組織的な準備や宣伝が行き届いており、その後における仕上げとしての名演技であることを考えると、名演技者として抜群の才能はあったかも知れぬが、要するによく訓練された名演技者にすぎなかった。

これを今日の教祖に当てはめていうと、自発的に策をたて自力で術を行う踊る神サマやお光りサマ的ではなくて、参謀の手で神格化されたジコーサマの方にちかい。ジコーサマはすでにウバザクラで、演技力も低く、架空のセンデンにのみたよって自らは衆目を避け隠れているばかりである。それに比べると、四郎は衆目の前に現れて、常に堂々たる演技者であった。そして光を発するような美少年であった。ジコーサマとは段が違う。この段の違うところが四郎の抜群の才能ではあるが、しかし黒幕あっての名演技者であったこと、これが四郎の才能の限界であろうと思う。

四郎は説教が巧みであったというが、巧みな説教といってもいろいろで、特に聴衆の質と相応しているし、宣伝の内容や方法とも相応するものだ。神がかり的の白痴少年でも、宣伝の仕方一ツでその稚拙《ちせつ》な特徴を生かすこともできるであろう。四郎が白痴でなく、普通よりも利巧な少年であったことは確かであろうが、それ自身が大芸術家や大宰《さい》相《しょう》となるような才能ではなくて、ジコーサマと段はちがうが、それと同質の才能にすぎなかったと私は思う。演技力抜群の名犬であろう。

四郎の姉が洗礼名をレシイナ（レジナ）といったことは分っている。彼女とその良人の渡辺小左衛門は一揆に加わらず、幕府方に捕えられ、城内の四郎と矢文《やぶみ》の交換をしたりした。

レシイナとあるように、彼女が切支丹信徒であることは確かであるし、さすれば良人も切支丹であることは確実だ。この二人はどうして一揆に加わらなかったのだろう？表向き、どういう理由を立てているにしても、かなり準備され、すくなくとも五カ月前から組織的な活動をはじめていた天草の切支丹一揆のことであるから、参加の意思がハッキリとあって不参加というのは腑《ふ》に落ちないし、籠城軍と呼応して計画的な不参加ならば、こうカンタンに捕えられない用意があって然《しか》るべきであろう。

彼女らも望んで刑死したようであるが、かかる大乱となって後は父や弟と死を共にすることを望むことにフシギはなかろう。けれども、一揆の計画されつつあるときには、レシイナとその良人とはそれに反対の意向であったと私は思う。いま私の手もとに史料がないので分らないが、私が以前にこれを小説にする筋を立てたときは、この二人をそのような立場におくつもりであったし、それが史実の解釈としても穏当のように判断したと記憶している。

小左衛門は大矢野島《おおやのじま》の大庄屋の当主だから、一人のかなり学識ある良識人を想定することはムリではなかろう。弟の四郎が利巧者であったように、姉のレシイナも聡明な女で、嫁《か》して後は良人の良識に同化し、黒幕浪人の策謀や、天人四郎などと大それた知識犬の役を演ずる弟や父について行けなかったのではないかと思う。肉親である故《ゆえ》に、よく実際を知る故に、知識犬のカラクリもわかり、一揆の方向について行けなかったことがむしろ自然であったろうと私は想定するのである。

数の観念が欠けているのは昔の日本人の手記の甚だしい特徴であるが、四郎の家系を知るについても、年齢や時代についてはは言い合したように無関心で不鮮明なのには困惑せざるを得ないのである。四郎の父の甚兵衛は小西の旧臣で旧領の宇土《うと》に土着浪人したというが、年齢は四十七だの五十五ぐらいのことを書いた通俗書もあったようだ。四郎の十六という年齢から考えてそう老人ではなさそうだから、その辺の年齢が適当かも知れぬが、小西が亡びたのは一六〇〇年、天草の乱は一六三七年、千軍万馬を往来した古《ふる》強者《つわもの》というのは当らないようである。主家滅亡の頃は母とともに留守宅に残っていた子供ではなかろうか。

四郎は小さいとき長崎の支那の小間物を商《あきな》う店に丁稚《でっち》奉公して神童と謳《うた》われたという説もあるし、父とともに支那の小間物をかついで江戸大阪へ行商していたという説もある。そのころ、三代将軍家光の死を流布する者があり、しかし幕府瓦解の怖れがあって喪の発表をさしひかえ死をヒタ隠しにしている、というような風聞があった。それを信じて陰謀を企んだという見ていたような説もあるが、当てにならない。

しかし、ともかく黒幕の浪人策師連が一揆へみちびくために、幕府の土台がグラつきだしているというようなことを人々に信ぜしめたのは事実であろうし、いま自分らが立てば、幕府を怖れて表向き棄教のフリを見せていた九州各地の旧切支丹大名が立ちあがり、海の彼方《かなた》からは神父と神父の国の軍勢を満載した大きな船が何十隻も助けにくるなどと放送していたようである。

しかし旧切支丹大名の応じて立つ者一人もなく、原城へこもって幕府の大軍にとりかこまれて後は、外国から神父とその軍勢の船が救援に来てくれるのを当てにしていた。すくなくとも、事情を知らぬ大多数の農民や婦女子は、軍師の放送を信じてそれを望みにしていたのだろう。

なるほど外国の船が近づいてきた。オランダ船であった。ところが救援の軍勢や食糧をおろすどころか、海上から自分たちに向って砲撃しはじめた。

砲撃による実害は少なかったが、救援の異国船と信じて狂喜した籠城軍にとって、その精神に与えたイタデは甚大きわまるものであったろう。

そして天人四郎にすら矢が当るに至って、神をたのむ農民の心はまったく動揺し、戦意は衰えてしまったのである。だが、それまでの戦争ぶりは見事であった。幕府の大軍は甚だしく悩まされたのである。しかしそれは黒幕の浪人軍師の手腕かどうかは疑わしいものがある。

島原半島の農民は鳥銃で狩猟を業とするものが多く射撃の術に長じていた。彼らがまだ原城へこもらぬうち、一揆を起した当夜に代官所や城へ攻めこんだとき銃庫へなだれこんで多くの銃を奪っているのである。かなり計画的のようだ。

そして原の廃城に竹矢来で陣をかまえ、当時の武士の戦法からは子供の戦争ごっこにしか見えないような竹矢来を活用し、それと銃とのコンビで、ウンカのような大軍の総攻撃を撃退してしまったのである。

徳川時代の武士の智能や思想がいかに貧困をきわめたものであるかは、この戦争が一番よくそれを説明しているようである。

武士は戦争の商売人だが、農民の鉄砲戦術に翻弄《ほんろう》された。しかもそれが拙劣な戦法によることを悟らないのである。

攻めるたび多くの屍体をさらしてひき退《さが》るのみであるのに、敵の策に応じて自らの策を立て直すことを知らない。そして初代の総司令官板倉重昌《いたくらしげまさ》は正月元旦を期して総攻撃を命じ、自ら竹矢来にとりついて戦死したが、結局莫大な屍体を残して退《しりぞ》かざるを得なかったのである。

これに代って総司令官に任命されて到着した松平伊豆守は、さすがに智恵伊豆とうたわれ、徳川三百年の最も優秀な頭脳の一ツであっただけのことはあった。彼は落ちついて敵情をさぐり、矢ダマ糧食のつきたのを諸般の事情から見きわめてのち攻略した。敵兵の屍体をさいてその腹に青草をみとめ、すでに食糧も尽きているのを見きわめる等の手がたいやり方であった。忍術使いも忍びこませたが、切支丹の用語や作法を知らないので忽《たちま》ち見破られて遁走《とんそう》したという。智恵伊豆や甲賀者《こうがもの》といえども甚だしく敵を知らないウラミはどこまでも付きまとっていた。

ともかく智恵伊豆は敵の得手《えて》を封じ策つきたのを見はからって軽く攻略し、味方の損害は甚だしく少なかったが、それにも拘《かか》わらず、攻略に長い日数を要したといって叱られ、世人《せじん》には文弱者の戦法はダラシがないと笑い者になったのである。そしてむやみに刀をふりまわして猪突《ちょとつ》また猪突、無能無策あまたの味方の将兵を殺して自らも戦死した板倉は、豪勇、名将とうたわれ、武功をたたえられた。徳川三百年の悲しい愚蒙《ぐもう》だが、今の世にも似たような、思い当るようなことが多いのは悲しいことです。

忍術使いが切支丹の作法や用語を知らなくて見破られたところを見ると、多分毎日ミサのようなことをやり、智恵伊豆の持久戦法に対して辛《から》くも宗教的な感動などで人心の昂揚をはかっていたのであろう。

そして矢ダマがつきてくると竹槍戦法に変り、全員討死戦法に変った。反乱を天下の大罪とみて生きる道なしと観念したであろう農民たちの心事は自然であり悲痛であるが、四郎はすくなくとも農民を救うことはできたのである。伊豆守は矢文を四郎に送って、籠城軍には切支丹でない者も多かろう。切支丹ならば城を枕に宗門に殉ずるのは仕方がなかろうが、そうでない農民まで道づれにするには及ぶまい。農民の帰投する者は罪を許すから城内から放すがよい、という勧告を送ったが、城内からはこれに対して無益な抗戦を宣言したのみであった。

このように無謀でヤケな抗戦ぶりは、竹矢来と鉄砲弓矢のコンビだけで大軍を撃退した頭の良さまで格下げにすること甚だしいものがある。島原の農民一揆はそもそもから鉄砲を活用しているから、農民の実生活で会得《えとく》した鳥銃の手練《しゅれん》が自然に徳川三百年の愚蒙を制して落城をおくらせただけのことで、軍師の手腕ではなかったように私は思う。

そして竹槍戦法に変り全滅抗戦へと急ぐ頭の悪いところには、黒幕たる浪人たちの思想が認められる。そして、一致して全滅をはかる策として、天人の装束《しょうぞく》をまとい薄化粧までしてミサを司祭し、熱狂的に説教にうちこんでいる知識犬の美少年を考える。そこに考えられる少年は決して聡明な少年ではない。少年になければならぬ純潔なもの、正義を愛し、そのために己れを軽んじて人にささげるようなマゴコロは見られない。妙に大人じみて、ただ身振りと口振りのみに功者な知識犬以上のものは決して考えられないのである。

＊

はたして誰が策師であったか。講釈本にはいろいろ黒幕浪人の名があげられ、それらのいくつかは史料にも符合するものである。講釈本には現れないが、寿庵（ジュアン）という切支丹の世話役が廻状をもって村々を廻っている。また、講釈本にも史料にも現れてくる休意《よしとも》という浪人のお医者は、黒幕中でも参謀長格の大物であるが、彼はどうやら五島へ脱出土着したようである。

　しかし、四郎はたしかに城内で死んだようだ。替え玉ではなかったであろう。頬にシミがあるとかで、それで首実検に見わけがついたという。

　とにかく、この一揆によって全滅した農民の運命は悲惨である。決して純然たる切支丹一揆ではなく、島原城主の苛政による農民一揆が半分を占めていることは、つとに幕府にも分っていた。伊豆守はその農民と切支丹を切り離そうと試みてもいる。そして領主松倉氏は乱後責任をとわれて領地を没収されている。

　知識犬の技巧にはげみ演技の腕をあげて自己陶酔を深めてゆく弟と、その指導者の一人ではあるが本当の黒幕ほどに利巧でない父の姿を悲しく眺めていたレシイナとその良人の心を想像し、この二人ほど真剣に、またマジメにこの悲痛なテンマツを始めから終りまで見届けていた目はなかった、と私は考えるのである。

　ともかく、そのようなマジメで悲痛な目の存在を考えないと、この事件には救いがないように私は思う。ともかく農民と切支丹との分離をはかった伊豆守のやり方にも救いはあった。また切支丹とても降伏棄教するものは許す方針で、事実油絵師山田右衛門作を江戸へ連れ帰っており、そこにも多少の救いはあろう。

　救いがないのは、気の毒な農民たちや女子供までみんな殺してしまった黒幕策師のやり方で、その知識犬たる四郎にも妙に不純な大人の垢《あか》が暗く感得されるばかりで、どうにも救いがないのだ。四郎の垢や暗さを救ってくれるものは、姉のレシイナと小左衛門とがそのテンマツを切なく見まもっているマジメで真剣な目だけであろう。私はそんなふうに小説を書いてみようと思ったこともある。

しかし、この事件を別のものに扱い、たとえばこの切支丹騒動に幕府政治の批判の意味をもたせ、農民一揆とそれとが正義の根抵において不可分のものと見て、四郎を英雄的に取り扱うことも、小説の場合では不可能ではないのである。小説とはそのように自由で、史実よりも作者の主観や思想が主であってもよろしく、作者の思想にかなった史実を探して史実による歴史小説と、作者の思想によってつくられた歴史小説と二ツあっても悪くはない筈《はず》である。

だが、史実から割りだされる四郎の姿というものに、英雄的なところはとても見出せないと私は思う。切支丹の迫害に抗する思想的なものはなくて、むしろ切支丹の悲劇的な運命を利用しての策謀が主であろう。天人四郎が仕立てられて遊説に村々を歩いてから乱に至るまでの期間における策略的なものは、まったく切支丹の悲劇を利用したものとしか見られない。そしてその策謀にのらない正しい切支丹の目は小左衛門とレシイナにあった。私はそう考える。

天草にも明治に至って隠れ切支丹の村が現れているではないか。牛深《うしぶか》だの大江などがその例だ。明治までひそかに信仰をつづけてきたそれらの潜伏切支丹は、言うまでもなく原城で全滅した組とは違うもの、その騒動に無関係なものであったろう。四郎らの手がそこまで届かなかったのか、応じなかったのかは不明であるが、どちらにしても全島の切支丹が立ち上っておらぬことは確かで、その事実から考えていいと思われるのは、切支丹にも四郎を批判する目の実在したということであろう。

四郎が伊豆守へ送った返書の矢文に、税がひどくて涙のかわくヒマもないというような文章があるが、それが四郎の直筆だか、四郎自身の考えだか分らなくとも、とにかく、税云々《うんぬん》は島原農民の代弁で、四郎が天人として遊説していたときにはまだ島原農民との交渉はなく、一途《いちず》に信徒の獲得の遊説であった。徳川幕府は亡びて天主の時いたる、というような遊説の内容であったろう。籠城後、島原農民の悲惨な運命を代弁するのにフシギはないが、その高税に苦しんで涙のかわくヒマもないという農民まで切支丹の信仰にもちこみ全滅に至らせたのが、むしろ矢文の文章と合せて奇怪であり、いかにも大人をまねてヘタな政治演説をぶつ中学生の政治狂の弁論のようだ。頭のよい少年の面影ではない。そして、高税に涙のかわくヒマもない農民をなぜ助けるように努めなかったか、それが少年四郎の考えならば、いかにも頭の悪い熱血的テロ少年で、末世に発生しやすい独裁思想のうけうりを、正しくて聡明な少年がやる筈はないものだ。

このように頭が悪くて、妙に演技には長じている知識犬の少年が天人になって衆望を博するような時に、良識は無力であり、良識の目は悲しくそれを見守るのがいつに変らぬ宿命であるかも知れぬ。

とにかく、彼の美貌がたとえ童貞マリヤに似ていたところで、天人という知識犬になって後の四郎は、妙に大人の垢にまみれて、居丈高で、熱狂的で、祖師をも食らうという末世の坊主にも甚だ似ているようにしか考えられぬ。レシイナと小左衛門が事実において私の想定するような思想や目の持ち主ではなかったにしても、天人四郎と対照的にレシイナと小左衛門のような思想や目の持ち主を想定しなくては、どうしても救いのつけようがないのが私の考えである。そのような正しくて静かな目がともかくいつの世にもいてくれなくては困るであろう。

しかし、十六歳の少年四郎が存在しなければ、あの大乱は起らなかったであろうか。そういうことを考えると、歴史は一切分らない謎になるばかりである。

だが、こういうことは言える。戦争の商売人の戦法が、全然戦法などに縁のない農民の実生活の必要から修得した手法によって問題なく打ち破られると同じように、愚蒙な時代においては利巧とはバカの異名にすぎないこともありうるであろう。

今でも農村などで頭がよいということはカンがよいというような意味に用いられている場合が多い。四郎は幼少にして書をよくしたという。読み書きだけが物を言う昔には、書をよくするというので、神童ともなり得たであろうし、記憶力がよいというだけでも頭脳優秀をうたわれたであろう。伊豆守の才覚が笑い物となり、猪突板倉が名将とうたわれる蒙昧《もうまい》な時代に、神童四郎の神童たる内容が何を指していたか、これは大いに疑ってよかろう。

末世の坊主によく似たような美少年が案外にも神童とうたわれる時代があってもフシギではないのだ。現に当時がそれよりも判断の規準が狂っていたフシギに蒙昧な時代であった。歴史あって以来、いかなる過去にも見ることのできないような愚昧な時代であったと言えよう。

そのように愚昧な時代が再びくることがないと思うのは軽率であろう。そして、それが起りうると想定せざるを得ないのは、これも悲しいことである。原形のままよく耕された廃城のあとがいたるところに出来ないようにただ祈るのみである。

道鏡童子

国史上「威風高き女性」をもとめると数は多いが、私は高野《たかの》天皇の威風が好きである。高野天皇は孝謙《こうけん》天皇のこと。孝謙天皇は重祚《ちょうそ》して称徳《しょうとく》天皇とも申し、道鏡《どうきょう》との関係は称徳天皇と称して後のことであるが、一人の天皇を孝謙とよび称徳とよぶのはわずらわしいからオクリ名の高野天皇を用いることに致します。

男装して朝鮮へ攻めこんだという神功《じんぐう》皇后は威風リンリンの最たるものかも知れないが、この御方の威風は女教祖的で、私は親しみがもてない。

高野天皇の威風はあくまで女性そのもので、人間そのものである。しかも彼女の置かれた位置や四囲の事情というものは、女関白淀君《よどぎみ》と比べても、格調の高さがケタがちがう。歴代の天皇中でも、自然に占めた位置が「生きた神様」であった点、その父の聖武《しょうむ》天皇とともに屈指の神格的存在であった。しかも、おのずから神格の位置におかれながら、人間そのものの足跡のみとどめているので、その威風には実にしたわしい可憐さがこもっているのである。

天智《てんじ》天皇の没後、皇太子と皇弟が戦って、皇弟が勝った。天武《てんむ》天皇である。天武帝の没後、皇孫カル太子が幼少だったので、皇后が即位した。持統《じとう》天皇である。次にカル太子の生母が即位して元明《げんめい》天皇。持統元明は姉妹で、天智天皇の娘である。

相反する勢力を後楯《うしろだて》にして兄系と弟が争い、弟が勝ったが、勝てる弟側が兄の娘を二代にわたって皇后にしたのは、背後の相反する勢力を統一するに役立ったようである。もっともうちつづいた三名の女帝が卓抜な才女であったせいもあろう。

日本に中央政府と称するに足るものがつくられたのは、姉、妹、娘とつづく三代の女帝のリレーによってであった。こうして、奈良の都ができたのである。今に伝わる皇室の国史もこのときできた。系図が作られたということはそのとき自家の礎《いしずえ》が定まったことを意味するものであろう。

姉、妹、その娘と三名も女だけでリレーしなければならなかったのは、皇孫カル太子が幼少だったのと、ようやく生長して即位したカル太子が若くして忽《たちま》ち死に、したがって、その皇子《おうじ》はまたしても幼少であった。再び幼少から皇太子を育てあげなければならないので、ここに姉妹娘という三代の女帝のリレーが必要であった。

女は「家」をまもるに動物的な本能をもつものであるが、また家名とか、家にそなわる威風とかを甚《はなは》だしく希求する動物である。

三代の才女のリレーによって、多くの男の土豪政治家、豪傑策師の果《はた》し得なかった中央政府が次第にハッキリ形づくられ定まってきた。

こうして家も国もほぼ定まったとき、三代の才女のリレーの果《はて》に育てあげられたのが聖武《しょうむ》天皇であった。三代の女帝がこの幼太子に何をのぞみ何を祈って育てあげたか、それはすでに云《い》うまでもない。曰《いわ》く、天下唯一の別格の子、太陽の子、そして地上の全ての主人、生きた神様、である。三代の女帝の必死の作業は、中央政府の確立とともに、生きた太陽の子をつくることにもそそがれた。そして作りなされた太陽の子が聖武天皇であった。

三代の女帝にこの上もなく信任された一人の才女があった。女同士は同類に気を許さぬものであるが、三代の才女の絶大の信任を博したのだから、これもよほどの才女であろう。橘《たちばな》の三千代夫人という。死後に正一位《しょういちい》大夫人をもらった。この才女が藤原不比等《ふひと》に再嫁《さいか》して生んだのが安宿媛《あすかひめ》。衣の外に光が発するほど美しい娘であった。

三代の才女が太陽の子を育てているとき、正一位三千代大夫人はこれもせッせと太陽の娘を育てていた。彼女が娘に祈ったことは天下第一の女、太陽の御子《みこ》と並ぶに足る唯一の女であったろう。

そして三千代の希《ねが》いのように、安宿は太陽の子にお嫁入りした。これが光明《こうみょう》皇后であ る。元正《げんしょう》女帝は育てあげた太陽の子、聖武天皇に安宿媛を与えるに当って、これは当家の柱石、無二の忠臣、当家のために白髪となり夜もねむらなかった人の娘だから、ただの女と思わずに大切にするようにという特別な言葉を添えた。

太陽の子は即位して、大仏を造った。そして大仏をつくるとき、天下の富と勢いを保つのは朕《ちん》だ、と叫んだ。まさに女帝三代の合言葉はそれであったし、その合言葉を生れながらの精気として孕《はら》んで育ったのが、彼でもあった。

その大仏は完成した。日本古今随一の、また類を絶し、国の富を傾けた善美結構であった。太陽の子と太陽の娘は、もう老人になっていた。先代の女帝から志《こころざ》し、何十年もかかった大仏だ。年老いた太陽の子と太陽の娘は仲よく並んで大仏に向い立ち、相ともにたずさえ、

「三宝の奴《やっこ》と仕えまつる」

と感きわまって礼拝した。自惚《うぬぼれ》がきわまるとき、人は礼拝の中に優越を見出すものである。

太陽の子たる夫妻は国の富を傾けて大仏を造りあげたが、まったくそれと同じように、全能の光と勢いをつぐ一人の生きた女神を育てあげていた。それが高野天皇です。

太陽の子でしかないように、そして、その太陽の子のお嫁でしかないようにと育てられた二人の仲に長女と生れ、二人の全能の光と勢いの全てを継ぐ唯一の神の子として育てられた宿命の女神が、この女帝である。

大仏も完成した。老いたる太陽夫婦は三宝の奴となって礼拝し、満足して顔を見合わせる。彼らと同じように、いま大仏と向い合って、二人のすぐ横に、二人の全能と光と勢いの全てをついだ天下唯一の神の子たる娘が生きて立っている。二人の精気はそこに一ツに合《がっ》して高まっているのだ。老いたる太陽の夫婦は、自分たちよりも、また大仏よりも気高く秀《ひい》でた女神の光と勢いの張りの鋭さを見出して満足する。二人の仕事は完成したのだ。三代の女帝の必死の祈りはつつがなく果された。

大仏完成の大式典を終ると、老いたる太陽夫妻は全能の娘に皇位を授けた。父母の光と勢いの全てを名実ともに彼女はついだのである。生れながらに、そう定められ、そう育てられていただけのことだから。

道鏡と恋をした女帝は、歴代の天皇中でも、こういう特別な人であった。即位したとき三十三。地上唯一の太陽たる女神に、人間の良人《おっと》はあるべきではない。女神は当然の如くに独身であったが、老いたる太陽夫妻にとっては、自分らが特別な二人であることも、娘が特別な一人であることも同じように当然で、それ以外は考える必要がなかったかも知れない。神の国の心理や算術では、二と一が同一であってもフシギではないのだ。人間の心理や算術でも、そうなり易《やす》いものである。

＊

この女帝は日本の古今に随一の人造乙女《おとめ》と称すべき女帝で、祖先の三代の女帝の才気も父母の光と勢いもまさしく身にこもっていたような、決して出来の悪くはない作品だったと私は思う。

彼女は太陽父母の遺産をそっくり身につけたが、この遺産の半分はマイナスであった。父母たる太陽夫妻はあまりにも全能でありすぎたのだ。その全能を現実に行い、大仏をつくったために、国の富を傾けてしまった。彼の叫んだ如くに、国の富を保つ者はまさしく彼であったが、その富の傾きを保つのも彼、もしくは彼の子孫の宿命であることを、幸福な太陽の子は全然さとらぬうちに成仏した。

マイナスの遺産までうけついだ女帝の生涯には容易ならぬ困難が横たわり待ち設けていたが、父母たる幸福な太陽夫妻はそんなことは夢にすら思わなかったし、そのツモリで育てられた女帝にそれに対する訓練用意がある筈《はず》はない。

先帝が国の富を傾けた結果がどうなったかというと、三人の女帝の必死の努力と作業によってほぼ成功しかけていた中央政府の地盤がぐらつきだしたのである。

背後に控える相反する二大勢力を、女帝三代の才気と、婚姻の手段によって一つにひきつけ、どうやら中央政府として安定しかけていた。それも女帝三代の要心《ようじん》深くて細かく気のついた善政のタマモノであったろう。全国に散在する部落勢力もだんだん音を鎮《しず》めて帰一《きいつ》の方向にむきはじめていたが、国の富を傾けて現実的に全能ぶりを実行されては、蜂の巣をつついたようになっているのは当然だった。

国史以前に、コクリ、クダラ、シラギ等の三韓や大陸南洋方面から絶え間なく氏族的な移住が行われ、すでに奥州の辺土や伊豆七島に至るまで土着を見、まだ日本という国名も統一もない時だから、何国人でもなくただの部落民もしくは氏族として多くの種族が入りまじって生存していたろうと思う。そのうちに彼らの中から有力な豪族が現れたり、海外から有力な氏族の来着があったりして、次第に中央政権が争わるるに至ったと思うが、特に目と鼻の三韓からの移住土着者が豪族を代表する主要なものであったに相違なく、彼らはコクリ、クダラ、シラギ等の母国と結んだり、または母国の政争の影響をうけて日本に政変があったりしたこともあったであろう。

結局、個々に海外の母国と結ぶ限りは、日本という新天地の統一は考えられない。海外の各自の母国以上に有力な、すべての系統の氏族たちに母胎的な大国から直接に文物《ぶんぶつ》をとりいれ、それによって個々の母国の誇りやツナガリを失わないと日本という統一は不可能だ。

こう考えて実行した最初の大政治家は聖徳太子《しょうとくたいし》であった。太子はコクリ系の人であったらしく、コクリと交通して文物をとりいれてはいるが、更《さら》により多く支那《しな》に使者を送って、支那の法律や諸般の文化を直接とりいれることに目標をおいた。日本統一の第一の気運はこれであったと思う。太子は死に、子孫も亡び、そしてたぶん太子の王朝もそのとき亡びたであろうが、太子の志は生きていた。この設計図をついで中央政府をほぼ完成したのは三人の女帝と彼女らの育てた太陽の子たちであったが、聖徳太子の設計図は正しかったし、図面通りの作業を行う三人の女帝の細心な手腕も狂いが少なかった。こうして大陸の文化の香り高い奈良の都ができて、三女帝リレーの合作によって彼女らの家系の中央政権が確立しつつあったといえる。

聖武天皇が全能を行うために国の富を傾けてしまったので、諸国に不平不信が起り、その娘たる女帝の身辺においても反乱のキザシは一時にひろがり、奈良の都は陰謀によってとざされるかに至ったのである。

だが、それらの陰謀の多くは失敗に終った。一ツを残して全ては失敗に終り、女帝の威風は終生くずれなかったのだから、私はこの女帝には代々の才気と威風がたしかに不足なく備わっていたと信じてよいと思うのである。陰謀というものは王様がやろうと大臣がやろうと最も俗で下根《げこん》なものに極《きま》っている。ところが、およそ俗と下根などころのない現実の幸福と満足でいっぱいだった父母の太陽夫妻によって、全然生きた神様の教育だけ受けたこの女帝が、身辺をめぐる多くの陰謀のザワメキを処理して殆《ほとん》ど誤っていないのだから、その生得の叡智と威風は然《しか》るべきものであったに相違ないと信じうるのである。

たった一ツ道鏡の件で失敗した如くに見える。けだし、道鏡の件でのみは失敗した如くだが、道鏡にだまされたのではなく、威風を落しもしなかった。この女帝の生きているうちは、誰の陰謀も一応成功しなかったといえる。

道鏡の件といえども、要するに失敗ではなかったのだ。彼女がこの件に至った原因の最も大きく主要なものは「この女神に子供が生れなかった」という自然現象の類《たぐ》いによるのである。彼女に自分自身の太陽の子が生れていたなら、彼女は傾いた国の富を再興して、太陽の子に伝えたであろう。多くの陰謀の寄りつくスキもなかったろうと思う。

*

この女帝の家系は、父系に天武天皇を、母系に天智天皇をもってはじまり、女帝三代のリレーのうちに、天武でも天智でもない独自な一ツに発展し、そのように父母系を超えてしまったところにも、中央政府として安定しうる性格を具《そな》えていたようである。女帝たちの巧みなリードであったといえる。

ところが、この女帝に至って子供がなく、せっかく旧来のツナガリを超え中央の安定勢力むきに出来かかった有力な新家系に正系がなくなってしまった。

女帝は即位したときに三十三。やがて子供の生れない老年になったが、後嗣をめぐる陰謀はその年齢に至らぬうちから起ってもいる。むろん、先帝が国の富を傾けた反映でもあるが、それがこの以前の政変のようにいきなり武力闘争となって現れずに、あくまで後嗣問題をめぐってネチネチと終始一貫しているところを見ると、ここにも謎の一ツがあるといえる。

だから、こう思うことができるのである。この女帝には子供の生れないことが初めから定まり分っていたのだ、と。

この女帝は後世の俗史に至ってミダラ千万に描かれているが、正史はそれに関して極めてかすかに暗示的なものがあるにすぎない。ところが、この正史は押勝《おしかつ》や道鏡を倒して天下をとった反対派の筆になるもので、自分たちの陰謀はタナに上げているし、道鏡の出生その他についても多くの筆を偽《いつわ》っている。その筆法で、全てを道鏡自身の陰謀の如くに作為するとすれば、女帝と道鏡を結ぶヒモがない。そのヒモは正史を作為した自分たちの仕業《しわざ》によるのだ。そこで女帝と道鏡にヒモをつけるとすれば男女の道、恋愛というのが誰しも思いつき易《やす》くて自然なのは当然だが、事実に反してあからさまにそうも書けないので、極めてかすかに暗示的に、そのように解釈すればそうもあろうという程度に筆を弄《ろう》したのではなかろうか。

後世の俗書にあるように、恵美《えみ》の押勝とどうしたとか、道鏡とどうだとか、そのようにミダラ千万な女帝なら、いくらでも乗ずべきスキがあったろう。第一、民意に捨てられて、多くの陰謀が数々重なり現れているのだから、一ツぐらい成就しない筈はなかろう。

しかるに陰謀は常に部分的で、一部分の暗躍にとどまり、決して民衆を動かしていない。さすれば、先帝が国の富を傾けた不平不満があってすらも、民意は女帝を捨てていないないのである。

実に女帝はその生ある限りというもの、彼女の威風を落したことがない。同様に、ミダラの相手たる道鏡も、殆ど死に至るまで威風を落しておらず、民意においては同情されている傾きを見ることができるのである。

私は俗書と全くアベコベに、この女帝は終生童貞ではなかったかと近ごろ思うようになった。

それは私の単なる推測で根のないことではあるが、私がこの時代と時代の人々とをどのように解しているか、他の人や事についての理解を知っていただけば、史料上に的確な実はなくとも、そのために全然根がないことにもならない、という文学的な真実を認めていただけるかも知れない。

＊

父帝の死んだときから、すでに後嗣のゴタゴタが起った。父帝は女帝に位をゆずったとき、皇太子を選んで定めておいた。それは天武の皇孫、道祖王《ふなど》である。

父帝が皇太子を定めてやった、ということも、女帝が彼に教育され規定された一生の定めを語っているように思うのである。これが他の女帝の場合なら、某先帝の顔を立てるというような立太子のやり方は不自然ではないが、太陽の子たる聖武天皇と、そのまた太陽の娘たる女帝の場合、太陽は常に自らの血の中から唯一の子孫を定めもし育てもするのが当然であろう。自らを唯一の太陽と信じ、すべての富と勢いは朕にありと信じる人が、太陽の孫を他から借りて定めるとはナゼであろう。理由は恐らくただ一ツではなかろうか。太陽たる女帝は地上に唯一絶対で、同列の男があるべきでないことを彼は知っていた。否、それをテンから信じており、法規に定めるまでもなく思いこんでいた父母たちではなかったろうか。

父帝が死ぬと、女帝はたちまち皇太子を廃してしまった。その理由は、先帝の諒闇《りようあん》中にも拘《かかわ》らずミダラな振舞いがあった、という甚だ女主人の潔癖を表すようなものであった。そのミダラな事実についてセンサクすることは重要でないように思う。それは単に一ツのキッカケたるものにすぎず、この太陽女神は自分だけのカンで真実を見分ける特別なものがあったようだ。私はそれを叡智と見、また、童貞の身に具《そな》わり易いものと解するのである。

この時以来、皇位を狙うゴタゴタがみだれ起った。塩焼《しおやき》王やその子をかつぐ者、大市《おおち》をかつぐ者、三原《みはら》王をいただいてムホンをはかる者等々、陰謀は頻《しき》りであるが、すべては事前に発覚して事もない。

やがて他の候補者を排して、女帝は天武の皇孫大炊《おおい》王を皇太子に選んだ。この方を皇太子に押したのが恵美の押勝で、新太子の夫人は彼の娘であった。

恵美の押勝は藤原南家の生れだが、他の藤原一門をおとしいれて已《おの》れのみ特に信任を博し、女帝の威をかりて専横をほしいままにしたのである。特に彼が敵にまわして専横をほしいままにしたのは、己れの同族たる藤原一族に対してであった。なぜなら、自分の一族ほど天皇の信任を博し易いものはなかったからである。

そこで彼は同族の藤原貴族を一丸として敵に廻すに至ったが、彼が己れの実兄や一族をおとしいれた陰謀といっても、決して手のこんだものではなく、むしろ無策でガムシャラで、ただもう威張りたい一方の頭の良くないお人よしの田舎育ちの大臣の策という泥くさい手段が多いのである。

しかるに彼が敵に廻した藤原貴族はいかに？　その陰謀は細心周到をきわめてよほどでないと一滴の水もこぼさぬという怖るべき策師たちであった。

私はここにも女帝の叡智を見るのである。童貞童女の鋭いカンを見るのである。恵美の押勝は女帝の寵《ちょう》に威をかりる威張り屋で、自分の安泰のために兄や一族をおとしいれても、とにかく他の藤原一族にくらべると、お人よしで、どこか間がぬけたところがあった。策師ぞろいの一門中では、一番人のよい存在であったかも知れない。

彼はどのようにして他の藤原貴族に復讐されたか。その藤原貴族はどのように道鏡を利用したか。その陰険にして細心きわまりない陰謀の手段を見ると、人生について無智な女帝が、まず相談相手に押勝を選んだことは、彼女の身辺に一番近い臣下たちが主としてこれらの藤原一族であり、そこから選ぶとすれば押勝。より大なる過《あやま》ちをおのずから避けている童女の無難なカンであったといえよう。

藤原一族は押勝や他の共同の敵を倒すためには一丸となったが、その一人が押勝に代る立場に立つと地位を利用して何を策謀するか見当がつかない怖《おそろ》しさがあったようである。

さて押勝専横の極に至ったとき、押勝の敵手として登場したのが道鏡であった。意外や、藤原一門に非《あら》ず、道鏡であった。

ところで、道鏡の登場には、彼自身に何ら陰謀的なものが見られない。彼はマジメな禅行で世にきこえ、その高徳と学識で世間の信頼を博していた行い正しい僧で、それまでの修行の歴史にインチキな足跡はなく、たしかに世の信仰をうけるにたる高僧であった。

道鏡は高徳と学識の故《ゆえ》に女帝に召されて内道場の禅師となった。もとより召されてなったことで、有徳《うとく》によって召されるほどの者が自己スイセンすることはない。また太陽の御子たる女帝が見も知らぬ僧を自発的に選んだり召したりする筈はなかろう。そこには深いタクラミをもって彼をスイセンした策師があった筈である。それが藤原一門であった。彼らは押勝を倒すために、計画的に道鏡をスイセンしたものと思われるのである。

なぜ道鏡が押勝を倒しうる唯一の人だということを、策略的な貴族たちが見ぬいたのであろうか。

童貞童女、生れながらの女神たる帝は、行い正しい高徳者がお好きだ。たまたま身辺にその人がないので押勝などが寵《ちょう》を得ているが、道鏡は禅行の深く正しい学識深遠な有徳者で、おまけに世捨人のお人好しときている。しかも、たちまち押勝以上に信任をうけるであろうと信じうる大きな理由があった。道鏡と押勝は身分が違うのだ。道鏡は天智天皇の孫であった。

彼の敵手になった正史には道鏡を天智の孫と書いてないのは当然だが、他の史料によると天智の孫たることは疑えないようである。しかし正史には大臣《おおおみ》の子孫とある。

彼の生地、河内《かわち》の弓削《ゆげ》はたしかに物部《もののべ》氏の領地であった。物部氏は正史には大連《おおむらじ》とあり、大臣は蘇我《そが》氏に限るが、この蘇我氏の中には、物部氏滅亡後その遺産をそっくりもらって物部大臣と称した蘇我氏の一人が実在しているのである。つまり蘇我と物部という最高の二氏族のアイノコの物部大臣である。

物部大連の遺産はそっくり物部大臣の物となった筈だから、物部の子孫が大臣の子孫でもフシギはない。この物部大臣の娘の一人が、天智天皇の御子施基《しき》皇子に嫁《か》して、道鏡が生れたのだろうというのは喜田博士の説であるが、私もそのへんが手ごろの説だろうと思う。父系からいうと天智の孫だが、母系からいうと大臣の子孫で、どっちの史料も正しいという都合のよい結果になる。千何年昔の謎のことだ。どうせトコトン真実などは分りやしない。道鏡は岡寺の義淵《ぎえん》について修行したが、義淵は天智天皇の信仰厚い高僧で、岡寺は義淵のため天智帝が造営されたものであった。

藤原一族の予想した通り、道鏡という人格の現れは女帝の眼界を一挙にぬりかえ、女帝の生き方を変えてしまった。かかる高い人格と深い学識が神ならぬ「人間ども」にも具わっているということは、生きている唯一の神として育てられた女帝には考えられなかったことで、身辺の「人間ども」からはそのカゲだにも知りがたかった驚くべき事実であった。女帝の人生観は一大衝撃をうけ、やがて生き方が一変するに至った。

即《すなわ》ち女帝は位を皇太子にゆずり、自分は仏門にはいった。それは仏法の修行によって到り得た道鏡の人格に驚き、また、敬服したからであったろう。

こうなれば、身辺の臣下の中ではとにかくお人好しが取柄《とりえ》という恵美の押勝の存在などは全く問題ではなくなったであろう。人生万般のこと、政治も臣下との接触も、学識深い高徳の人格に相談すれば足りるのだ。真に信頼しうる師友は、道鏡の人格一ツで足りる。

女帝の態度が一変して寵が失《う》せたから、お人好しで頭のわるい威張り屋の押勝は人生の大事と慌てた。女帝の寵あるによって彼の人生の栄光が存在し得たのだから、それが失せたとなれば、彼が逆上して無謀をなすのはフシギではない。

押勝は天武天皇の子孫を擁してムホンを起した。てんで計画性のすくない、一場の思いつきのような心乱れたムホンであるから、皇居に向って前進するどころか、逃げまわるばかりで、殺されてしまった。こういうところにも、他の一門とちがって無策きわまる彼の性格が現れている。絶世の美少女ときこえた彼の娘は、千人の兵隊に強姦されて息絶えた。

こうして深謀遠慮の藤原一族の筋書通りに、彼らは一度も表に立たずに、道鏡を女帝に近づけただけで第一の陰謀を成就した。

次には、彼らの道具としての役割をすました道鏡を片づけなければならない。

＊

しかし藤原氏の策師たちの全部が同じ心ではない。彼等にとっては、まだ道鏡が必要な者もあった。なぜなら、押勝が立てた淳仁《じゅんにん》天皇をしりぞけて、自分の都合のよい後嗣を持ってこなければならないからで、またある人々にとっては、もしも道鏡が自分の都合のよい天皇になる見込みがあるなら、道鏡でもよい意味もあった。

なぜなら、道鏡はたしかに天皇となる資格があったのである。押勝が亡びるまでに陰謀のタネにかつがれたのは全部天武の子孫で、すでに次々と陰謀ムホンに使いきってほとんど全滅という状態であったし、天智は女帝にとって母系の祖に当り、天武は父系の祖とはいえ、天智は天武の兄で嫡流《ちゃくりゅう》であった。天智の孫が皇統をつぐ資格において天武の孫に劣るところはない。

ただ問題は、ようやく統一しかけた背後の勢力が、これによって再び二分することで、そのとき、どっちの勢力につく方が有利となるかという判断であろう。そして藤原氏一族の陰謀がついに道鏡をしりぞけた後に、彼らがかついで帝位につけたのは、道鏡と同じく施基《しき》皇子の長子で、道鏡とは兄弟に当るすでに年老いて白髪の老王子であった。

老王子は人皇四十九代光仁《こうにん》天皇。その御子が桓武《かんむ》天皇である。背後の勢力は天智天武の昔にもどって二分したから、藤原一門は桓武帝を擁し、已れ方の勢力を背景にした新しい都を定めるために、奈良の都をすてなければならなかった。

以上は後々《のちのち》の話であるが、道鏡をしりぞけるには次に説くような精巧な手段を用いた。

＊

道鏡をしりぞける陰謀以前に、淳仁帝が廃せられて淡路《あわじ》へ流され、法体《ほったい》の女帝が重祚した。

淳仁帝が廃されたのは、女帝に向って道鏡を信任なきような言葉をもらしたので、不和になったのだという。俗書では、天皇が女帝と道鏡の肉体的な関係を諫《いさ》めて女帝の怒りをかったとあるが、そんなことが考えられるであろうか。女帝は自分を選んで帝位に即《つ》けてくれた生れながらの現人神《あらひとがみ》である。落語の中の八さん熊さんにしても、なア、おッかア、あのナマグサ坊主とイチャつくのはやめてくれねえかなア、と諫めた話はあんまり聞かないが、特に長幼の序が人生の万事を律している特殊な社会で、しかも生れながらに唯一絶対の現人神たる上皇に向って、礼なき言葉が発せられるとは思われない。

全ての勢いは女神のものなのである。

ここではただ天皇が道鏡を怖れた事実を知れば足りよう。つまり、この事実の裏側に知りうることは、藤原氏一族が道鏡を女帝に近づけたとき、有徳の高僧としてだけではなく、天智天皇の皇孫たる特別の人としてでもあったに相違ないからであろう。押勝と道鏡とは比較すべからざる別個のものだ。道鏡はその現れた時から、天皇にとっての最大の強敵であった。

そしてそれ以上廃帝の原因を探す必要はない。ただ天皇の怖れが事実となって現れただけのことである。果して上皇の意志であろうか。藤原氏一門の手になった正史の語るところでは、女帝が道鏡を法王とするために天皇をしりぞける必要はありうるであろう。しかし、藤原氏一門が自分に都合のよい天皇をたてるとすれば、己れの仇敵だった押勝のたてた天皇をしりぞけるのは道鏡排斥《はいせき》以前の作業でなければならない。

現天皇をしりぞける工夫はいかに？　といえば、確実な方法は一ツあるのみである。つまり、女帝に対して、次のように進言し、女帝の心をうごかし、定めることである。

即ち、

「道鏡禅師は天智天皇の御孫で、その皇胤《こういん》たる資格においては、天武天皇の御孫たる現天皇と同格以下のものではございません。のみならず、その高徳と学識は万民の師表と仰がるべき尊い御方で、生れながらに女神たる唯一絶対の上皇につづいては、禅師が人臣最高の御方、この御方ほど女神の皇太子にふさわしく、次の天皇に適格な御方はありますまい」

これに類するササヤキは折にふれて女神の耳に達し、女神の心をうごかすように謀《はか》られ計算されていた筈であろう。

そのササヤキをきく前に、事実において、それが女帝の偽らぬ心でもあった。道鏡こそは、唯一絶対の現人神たる己れにつづいて、人臣最高の徳と学をそなえ、神と人との中間にも位置すべき天地第二の格あるものだ。自分がともに天地のマツリゴトをはかるべき者は、彼のみで足り、彼こそは己れについで皇位につくべき生れながらの定めを具えた人であろう。

次第に女帝の心は定まり、心定まれば生れながらに全ての勢いを保つ唯一の女神であるし、道鏡の高徳と学識に傾倒して驚きと敬にうたれた女神の心は顧《かえり》みてケガレなく雑念のないものであったろう。淳仁帝を廃して淡路一国の王様にしてしまったのは、女帝の信念の業《わざ》であったろうと思う。

そこで藤原氏一族の陰謀はその仕上げにかかるのである。藤原氏の密令をうけた九州の神司《かんづかさ》の習宜《すげ》のアソマロという者が、宇佐八幡の神託と称し、道鏡を天皇の位に即《つ》けたなら天下平らならん、と奏上した。

こうして女帝や道鏡の心を誘っておいて、次に和気清麻呂《わけのきよまろ》と法均《ほうきん》の姉弟を宇佐八幡へ伺いにたてて日本は昔から君神の位が定まっている。道鏡のような無道な者は亡すべし、という予定の神託を復奏した。

実に精妙な、手のこんだ筋書であったにも拘らず、童貞童心の女帝の叡智の閃《ひらめ》きは正しい実相を感じ当て、この陰謀はまったく成功しなかった。

女帝は法均と清麻呂姉弟を妄語の罪によって神流しにされた。正史はその詔《みことのり》を記載しているが、実に痛烈無類、骨をさすようだ。

「臣下は天皇に仕えるに清らかな心でなければならないのに、清麻呂と法均は偽りの神託を復奏した。そのときの顔色と表情と発する音声《おんじょう》とを見聞すれば、一目で偽りは明らかだ。（中略）清麻呂らと事を謀っている同類の存在も分っているが、天皇のマツリゴトは慈《いつくしみ》をもって行うべきものだから、愍《あわれ》みを加えて差許《さしゆる》してやる」

こういう意味の、実に鋭い語気を張りみなぎらせて、正義を愛する一個の人間の魂が、感情が、全的に躍動している明快きわまる断罪のミコトノリを発した。実に、一個の正しい人間の魂の全的な躍動が全文章を貫いている。実に人間の至高な魂そのものであり、感情であって、まったく神のものではない。

「その顔の色と表情を見て発する音声をきけば一目で偽りは明らかだ」

とは、童貞童心の魂の底から一途《いちず》に発したなんという清らかなまた確信にみちた断言ではないか。その確信の清らかさは女神の物というよりも、むしろ「本当に正しいものを愛することのみしか知らなかった珍しい人間の魂の物」というべきではなかろうか。

　このミコトノリのどこかに一片でも暗いカゲがあるでしょうか。否、否、否。なんとまア正しい位置におかれた心の発した確信にみちた断言であろうか。その断言はさらに堂々と確信にみちて進みます。そして、

「清麻呂と事を謀っている同類も分っているが、天皇のマツリゴトは慈をもって行うものであるから、愍みによって差許す」

とは、何たる豪快、凄絶なほど美しいゴータではないか。

　心の正しい位置から発する女帝の童心の叡智は、その同類すらも見抜いていたが、天皇のマツリゴトは慈をもって行うものである故、というすさまじい確信によって差許した。

　そしてその正しい位置をしめている魂は、己れの位置の正しさを明確に知る故に、強《し》いて臣下の策謀に対抗して事を構える必要は認めなかったのであろう。

　女帝は道鏡に帝位を与えなかったが、彼の生地にユゲの宮をつくって太夫職をおき、実質的にはまったく天皇と変りのない扱いであったのである。

　藤原一門中の最大の策師と見られる百川《ももかわ》は道鏡の生地の太夫職をつとめ、女帝と道鏡のために舞いをまい、心からの番頭のようであった。史家はそれをも道鏡をあざむく百川の策と見る人があるが、私はそれを信じない。

百川はすぐれた策師の故に、物の実体を見ぬく力も人一倍であったろう。彼は道鏡の高い為人《ひととなり》を見ぬいたので、自分が彼を利用しうるなら、自分が道鏡をかつぐ先鋒となろうと考えていたように私は解する。自分がかつぐに足る人格を見たのかも知れぬ。

しかし、道鏡の心の位置も女帝のそれの如くにあまりに正しく純心で、とうてい百川の俗心と交わって共にはかる余地がなかった。恐らく百川はそう見たろうと思う。しかし百川が、まったく道鏡を断念したのは、女帝の死後、道鏡に代るにその兄で己れの利用しうべき白髪の老王子を見出してからであったろうと思われる。

しかも道鏡は女帝の死後に至っても、甚だしく純心無垢で、まさに死せる女帝の正しい心とことごとく相和すべき童心の主《ぬし》であったことを一貫して示している如くである。即ち藤原氏の策師たちが己れに有利な天皇たるべき皇胤を血眼《ちまなこ》で探しまわっているとき、彼のみはただ死せる女帝の生々しい墓前に庵をむすんで坐《すわ》りつづけ、夜も昼もかわりなく、女帝の霊を見まもっていた。正しい位置にある心からの一途に発する敬愛のマゴコロのみが全てであったと私は信ずる。

百川は自分の天皇を探し当てた。そして道鏡は不用になり、下野《しもつけ》の国、薬師寺の別当《べっとう》として都を追われた。

俗書や俗説は道鏡の心理を作為して皇位をねらったというが、史料の語る事実において彼が自発的に皇位を狙ったと目すべきものは一ツもない。藤原氏の手先たる習宜のアソマロが、道鏡を天皇にたてると天下が平らになろうと計画的な神託を奏上し、同じ一味の清麻呂がそれをくつがえし、すみやかに道鏡をのぞくべし、という筋書通りの芝居を運んだだけである。道鏡はそれを見ていただけのことだ。

史料の語る正しい言葉からは、女帝と道鏡の恋愛の事実すらも出てこないように私は思う。

＊

最後に蛇足ながら、秘められた国史のカギの一ツが、この複雑な陰謀の中に現れて何かを暗示しているようだ。

それは百川らの陰謀が、道鏡を皇位につけると天下が平らになろう、とニセの神託を奏上させたが、その神託を発した神が、国撰史では、皇室の祖神であり、かかる神託を発する唯一の神と見て然るべき伊勢大神宮が発せられずに、九州の宇佐八幡から発せられ、それが何の疑いもなく、女帝にもその時代にも当然の権威ある神託として通用していることである。これはナゼであろうか？　女帝や道鏡のいずれかにとって、そのように権威ある神託を発するに足る祖神が宇佐八幡であろうか？

また、道鏡を天皇にすると、天下が平らになろう、という。天下は「まだ」平らではなかった意味を現しているかも知れん。遠い時間の彼方《かなた》にある謎である。

柿本人麿

どうやら身支度はできた。しかし、それからの足ごしらえに人麿《ひとまろ》の手は益々《ますます》すくんで不器用になった。まるで五ツの子供の手のようにしか動かない。

それをヘタな芝居だというように（たしかに、それもあるが）女房の奴はみんな見ぬいてイライラしてるに相違ない。たまりかねた女房が、やにわにコン棒を握って、

「このウソつきめ！」

いきなりうしろから脳天をどやされた気がした。ゾッとした瞬間に、彼はどうやら足のヒモを結びおえていた。ヒモを結ぶことに問題があるわけではない。これから、いよいよ女房に「サヨナラ」をいわねばならぬダンドリが、まことに苦しいのである。

「都に落ちついたら、きっと迎えをよこすからな」

思いきっていった。女房の顔をチラとしか見る勇気はなかったが、先日から噴火している彼女の目玉に変りのあろう筈《はず》はない。まだ何か言いたい気持にキリをつけて、彼は

いそいで自宅の門口からとびだした。

外はまだ暗かった。ようやく東の空に薄明りがさした程度である。誰にも知られぬうちに村を出てしまわねばならない。アゼ道を突ききり、山にかかって、ようやくホッとした。そして気持に落着きが戻ると、別離の悲しさや愛情がこみあげてきた。

「女房の奴、ゆうべから一言も口をきかなかったな。そして、今朝だって、とうとうキャッとも言いやしない。しかし、怒るのも、もっともだ」

高角山《たかつぬ》の頂に近づいたころ、夜が明け放《はな》れた。木の間に立って見下すと、自分らのイオリも見えた。女房の奴、泣いてるか、ふて寝したか。石見《いわみ》の国の山々よ。荒海よ。その荒海にもモヤが立ちこめ、今朝は波が静かであった。

石見は彼の生れた土地ではなかったが、彼らの祖先の国だった。

彼らの氏族を物部《もののべ》氏という。このあたりから起って、畿内に進み、最初に日本の中原《ちゆうげん》を定めたのは、彼ら、否、その祖先であった。そして彼らの祖先が中原を定めて後、当分は泰平がうちつづき、衣食住はまずしくとも、人々の日々の生活は平和で、たのしさや、よろこびのこもり溢《あふ》れたものであったといわれていた。中原を定めた彼らの祖先の王様は大国主命《おおくにぬしのみこと》であった。この王様は、民に働くよろこびと、お酒をのむよろこびと、男女が会合して唄ったり踊ったりするよろこびを教えてくれた。この王様自身がよく人々の面倒を見、よくお酒をのみ、よく愛し、よく眠った。当然結果として、彼はよくふとっていた。そして誰からも愛された。この王様の好まないのは、ケンカや戦争だった。そして彼も彼の民もケンカや戦争を忘れていた。なぜなら、そのころは敵がなかったからである。彼の直属の民は、主としてクダラから来た者どもであった。人麿の先祖も、そうだった。

ノンビリしていたこの国にも、だんだん争いが起るようになった。なぜなら、だんだん暮しにくくなってきたからである。

この未開の島国が気候もよく物資も豊かで暮しよいときいて、特に目と鼻の朝鮮半島からは一家や一族をまとめて移り住む者が日も夜もキリがなくつづいていた。そして、五十年、百年とたつうちに、この島の南から北の果《はて》まで、山奥にも津々浦々にも、彼らが住みつき、次第に暮しにくくなったのである。そこで新しく割りこんだり、自分の耕地をひろげるために、争いが起るようになった。

こういう争いが真剣になると、一家族や、一部落の力では自分の安住の保障がしきれないから、次第に大きな団結を結ぶ必要が起ってくる。そのような団結の最後のものとして形をとるのは、この島国へ移住前の国籍にたよることである。手前勝手に移住してテンデンバラバラに安住の地をもとめていた連中が、改めて移住前の国籍で団結する必要が起ったのである。

その結果として、各団結ごとに強力な首領も必要となった。そして各々の首領は中央政権を争うために、各々の地方の部分的な団結を一丸とする必要があったし、本国の勢力と結ぶ必要もあった。

朝鮮半島にはコクリ、クダラ、シラギという三ツの国が対立して争っていた。その半島から未開の日本へ移住した人々は、本国の戦争や暮しにくさを避けて安住の地をもとめるのが移住の目的であったのに、未開の日本がひらけて次第に暮しにくくなると、結局元のモクアミとなって、本国を背景にし、本国の政争をこの地へうつして争っている自分を見出さざるを得なかった。仕方のない成行《なりゆき》でもあった。

ゴタゴタと長い暗躍暗闘や政争のつづいたあげく、ついにコマの団結が次の中央制覇に成功し、大国主の子孫たる物部氏を中央から追いだしてしまった。物部一族は諸国へ散った。発祥の地、出雲《いずも》の石見へ戻ったのもあるが、必ずしもそこへ戻る必要はなかった。彼らの長い平和な統治の間に、諸国のもっと豊かな地方に彼らの地盤ができていたので、多くの者はむしろ気候がよくて豊かな中国、四国、九州等へ散ったが、最も強力な一群は美濃《みの》と信濃《しなの》の国境の大坂ノ峠を越え、ウスイ峠を降り、上野《こうずけ》の国から四方へ散った。

また、それを知って、海路から東国の主力に合流した者も少《すく》なくなかった。彼らは伊豆《いず》や相模《さがみ》や房総《ぼうそう》から上陸して、主力に合流したり、周辺の諸方に土着したりした。ただし、この主力とは家柄の主力でなくて、軍事力の主力であった。

物部氏の最後の王様は守屋《もりや》という人であった。彼とその一族を追いだして代って中央政権を握ったコマ系政府は、聖徳太子《しょうとくたいし》系や、蘇我《そが》氏系や、現天皇系の系統など、強力な氏族の連合で、それらは後日対立したから、せっかく中原を定めながら、同族内部で勢力を争い、首長を争うゴタゴタが絶えなかった。

ついに蘇我氏と聖徳太子の系統を倒して、中央政府を内部的に統一したのは天智《てんじ》天皇であった。

そのときコマ系の政権は聖徳太子と蘇我系にあったし、コマ系の民心もそれについていたので、天智天皇は物部系の力をかりた。天智天皇のフトコロ刀となって革命を成功させたのは藤原鎌足《かまたり》であった。彼は物部氏族中の一応の家柄ではあったが、主流たる大国主命の子孫ではなかった。彼が物部主流の子孫であったなら、日本の中央政権争いは益々フンキュウしたであろうが、彼の家柄は低かったので、彼や彼の子孫が天皇位をのぞんでも民意がそれを許す見込みがなかったし、彼が総理大臣になることすらも民意をシゲキし、その統治にそむかせる怖れがあった。そこで藤原氏の新しい系図を作ったり、祖神の大神社をおこして次第に威をはる手段を講じ、時間をかけてホンモノの貴族になるまで――三代貴族という言葉が巧まずして有る通り、藤原氏の場合も、一祖鎌足、二祖不比等《ふひと》までは表向きその実力にふさわしい高官につくことができなかった。鎌足と不比等の辛抱強さや一時を忍びつつ内々の努力経営の逞《たくま》しさは驚くべきであるが、それと同時に、当時のヨロンがいかに家柄を重んじたか、を知らねばならない。家柄の低いものが臣下として高官についても民意にそむかれる怖れがあった、というような特殊な時代感情の把握なしに歴史の動きは理解できないものだ。そして、時代感情が現実を支配するということにおいては、歴史も現代も区別がない。史書からそれを知り得るのではなく、もっと生々しく、また強烈に、現代と自分との結びつきやその内省によって省察しうる事柄であろう。私が歴史に興味をもったのもそのためで、ここから出発する歴史は、現代と区別のないものでもあるし、人間そのものの動きということにほかならない。

鎌足の招請に応じ、天智天皇のもとに馳《は》せ参じて革命を成功させた軍事上の主力は、物部氏の兵隊、先に追われて東国へ落ちた軍勢であった。彼らは都を追われて逃げた時の順路を逆に、常陸《ひたち》を発し、ウスイ峠から信濃をすぎアルプスを大坂ノ峠で越えて都へ馳せつけた。この物部の軍勢の中に若い人麿もまじっていた。彼は年は若かったが、兵隊の中では年若い詩の天才として一同にその才能を認められていた（これは私の想像である。しかし、常陸へいったん落ちのびていた物部氏の兵力が天智革命の主力であったことは史実と見てほぼマチガイなかろう。そして、春日神社はじめ、藤原氏の祖先を祀り、また彼ら一族の崇敬する神社の多くが、彼らの祖神たる天ノコヤネノ命と一しょに香取鹿島の神を祀り、その方がむしろ主たる神様のようなオモムキもあるところを見ると、藤原氏自身が東国へ落ちのびていた物部兵士に属していたのかも知れない。そして柿本氏は、物部系の中でも特に藤原氏と同祖の支族であった)。

天智天皇は革命に成功したが、同族を敵にまわして、物部氏の力をかりたために、革命後は特に都の統治に苦労しなければならなかった。

困ったことには、天智七年という年に、朝鮮ではコマが亡びてシラギの天下となった。それは海の此方《こちら》に最も敏感に影響して、日本の中央ではシラギ系の潜勢力が次第に増大する。天皇は大和《やまと》の地に見切りをつけ、近江《おうみ》の大津に新しい都をつくった。天智天皇が他のコマ系の豪族を倒すために他氏族の力をかりたというような行きがかりよりも、今や朝鮮の戦争の結末としてのコマとシラギの民族的な対立というものが時の主たる流れを支配するに至ったようである。

そのとき天智天皇が死んだ。大和古都の勢力は天智の弟天武《てんむ》天皇を擁して、天智の子弘文《こうぶん》天皇と戦う。大津新京はコマ族を背景とし、大和古京は主としてシラギの勢力を背景としたかも知れないが、両者がこれぞ勝敗の岐《わか》れ目として自分の手中におさめるために努力したのは、物部氏の兵力であった。

したがって、物部氏の兵力も分裂したし、中臣《なかとみ》氏の一族も分裂したが、いずれにせよ両軍の主力は物部氏族の兵力で、その結果は大和古京側が制覇した。

人麿は、その生れつき、どうも戦争がキライであった。物部氏の兵士に所属する家柄に生れた因果には、都の革命に応じて攻めのぼって都の風を味《あじわ》ったまではよかったが、天皇家が兄方と弟方に分れて戦いそうになり、自分たちの一族まで二ツに分裂して血で血を洗う始末になりそうなので、都の風がイヤになった。

彼は戦争がはじまる前にさッさと都を逃げだした。藤原氏は代々祖先のお祭りを司る神官道士のような家柄であるが、その支族の柿本家はつまり神官道士の配下であり、そのお祭りによばれると、そこの祖先の徳をたたえる歌をよみあげておフセにあずかるような代々の商売であった。戦争があれば戦勝を祈る儀式に列して神霊の助力を乞う歌をよみあげ、全軍をはげます歌をよみあげるなどラッパ卒のような商売でもあった。

「アイツの歌は大ゲサだなア。しかし、調子は天下一品だなア」

と、子供のころから詩才をほめられたものであった。彼は日本のどこへ行っても、そこに物部氏族の聚落《しゅうらく》があれば、その日の生活に困ることはなかったのである。村々を門《かど》づけし、村長の家へのりこみ、一家一門や、村の祖先の霊を慰《なぐさ》め、また徳をたたえ、行《ゆく》末《すえ》ながい村の繁栄を寿《ことほ》いだりの大ゲサな歌をよみあげて、

「大ゲサな歌をよみよるなア。しかし、いい調子だ。とにかくオメデタイ歌だなア」

といって、よろこばれ、大いにモテナシをうけ、そこに意味ありげな娘の視線を見出せば、たちまち大ゲサな悲しい歌をよみそえてホロリとさせ、やがて彼女の熱い血潮を全身に感じる夜をむかえる。行く先々で困ることがなかったのである。

彼がこうしてノドカな遊歴の年月を送るうちに、戦争はとッくにすんでいた。しかし

戦後の政治もミヤコの経営も多難また多難であった。

そのアゲク妙な必要が起ったものだ。ミヤコではこの大ゲサな歌ヨミが必要になったのである。つまりミヤコでは、新しい主権者の威風を民衆の魂に力強く訴えるために日本一の歌ヨミが必要になったのだ。庶民の感動をゆりおこす詩人が必要であった。

兵隊も百姓も徴用工も船頭も、また彼らの女房や恋人も異口同音にこういい合った。

「それはお前、日本一の歌ヨミは門づけの人麿の野郎だな。あの野郎の歌は大ゲサだが、調子の良さ。一句千両だなア」

そこで持統《じとう》天皇は人麿をさがした。彼は門づけの長い遍歴のあげく、石見の国で可愛い娘と家をもって暮していた。

使者はそこを訪れた。そして人麿は女房と別れ、石見の山々や荒海にも別れて、ミヤコへ旅立つことになったのである。

＊

女房というものは怖いものだと人麿は思った。彼の今までの半生は、しがない雑兵《ぞうひょう》であり、宿なし門づけであった。

「大ゲサな歌をよむ野郎だなア。しかし、日本一の調子だなア」

と小さい時からほめられたが、雑兵や百姓や漁師の生活の中では、上手な歌をよむということは、その人間の偉さに関係のないことであった。けれども日本一の調子だとほめられると悪い気持はしなかったし、彼はほめられることにも狎《な》れていた。

ところが、女房というものは怖《おそろ》しいもので、男を観察するにかけて、こんなに夢のない賢い鬼はないものだ。人々は「大ゲサだが……」と含みをのこしてくれるのに、女房は「大ボラフキだ」と断定しただけで、全然感動がなかった。その断定には、実生活のヌキサシならぬ裏づけがあった。彼は実生活では、まったく怠《なま》け者で、弱虫で、無能力者であった。門づけというロクでなしの仕業《しわざ》のほかには、子供の半分も実生活上の仕事の能力がなかった。その無能さは「ホラフキ」という性格以外の何物でもない。それは本人と女房にだけ身にしみて分ることだ。

「女房はイヤなものだなア」

彼はそう思ったが、そこまで腹の底を知り合う親しさは、また格別でもあった。

上京をもとめるミヤコの使者に会うと、彼は二ツ返事で承諾した。ミヤコで役につけば、うまい物も食える。人々の賞讃にとりまかれる。——そして、イヤな女房とも別れることができる。

だが、半生をふりかえると、彼はいったん定着すると四囲の嘲《あざけ》りをうけるばかりで、香《かんば》しいことはいつもなかったようだ。そして、嘲り罵《ののし》られる代償に大げさな歌だがとほめられていたようなものであった。

女房は「このホラフキめ」と腹の底できめこんでいるばかりで、代償に歌をほめるような甘さはなかったが、腹の底から知り合うということは、まるで百姓と土の関係のように、夢がなくて、苦しい汗の毎日があるだけのくせに、胸の底をしめつけるような別れがたいフルサトのキズナがあった。

「どこへ行っても泣きベソをかくだけだ」

女房の怒りの目はそう語っていた。まったく、その通りだろう、と彼も思ったのである。とはいえ、その女房に別離してミヤコへ立たずにいられなかった。

高角山の中腹から明け方のモヤをすかしていま別れてきた女房の家を見下すと、もう女房のイヤらしさを忘れて、彼の切なさは無限であった。彼はさッそく妻に別れる悲しさを歌によんだ。

「……道をまがるたび一万べんもふりかえりふりかえり、里をはなれた山を越えてきたが、いとしい妻の里がもういっぺん見たい。この山も、靡《なび》け」

この山が靡かなくても、目の下に女房の里が見えた。一本の草、一枚の葉をむしるまでもなく、まる見えだった。いとしいようだが、イヤな女房でもあった。

「オレが木の間から袖をふるのを、女房よ、見てるだろうか」

そんな意味の反歌も作った。しかし彼は袖などはふらずにふりむいて再びミヤコへ歩きはじめていた。彼にとっては、はじめての、なんとなく悲しい旅であった。

彼の足は自然に天智天皇の近江の廃都の跡をさした。彼の感傷は無限であった。さらに彼は山を分け、山を下りて宇治川へでた。そのあたりで、大津軍と大和軍との激戦があったと人の話にきいていた。両軍が戦うとはいえ、真に血を流して戦う者は、主として自分たち同族同士の兵隊ではないか。

物部氏の祖先がこの島国へ移住したとき、八十の氏族をひき従えてきたと伝えられていた。その同族が敵味方に分れて人のために戦い、勝った者といえどもよその人の勢力をかためたのみである。

彼の感傷はきりもなかった。門づけの遍歴時代には覚えのなかった悲哀であった。そして、彼は歌った。

「もののふの八十《やそ》氏河《うぢかは》の網代木《あじろぎ》にいざよふ波の行方《ゆくへ》知らずも」

どうして、こう切ないのだろう？　どうも、うかつに女房などというものをもって、魔につかれたらしい。オレがただのホラフキだと分ったり、そしてホラフキが卑《いや》しいことだと思うようになったのがイケないようだ。昔のように、ただ大ゲサで調子のよい門ヅケになりきらなければいけないな。ミヤコへついたら、昔のオレに生れ返らなくっちゃアな、と彼は道々思案にふけった。もう、ミヤコは近かった。

＊

天皇家の御用詩人の生活がはじめられた。彼は門づけの大ゲサな調子をとりもどしていた。門づけの詩人は元々職業詩人である。そして、本来の御用詩人でもあった。何様の御用詩人と定《き》まってはいないが、彼がたたずんだ門ごとに、その門に住む人の御用詩人なのであった。依頼するあらゆる人の祖先の霊をなぐさめ、子孫の繁栄を祈るために、大ゲサだが日本一の調子を張りあげるのが彼の天来の才能であった。

彼の調子は天皇家の御用をつとめるに至って大いに精彩を放った。なぜなら、彼がどんなに大ゲサなことを歌っても、日本一を信じ、神を称する天皇家に大ゲサすぎることはなかったからである。

それにしても、現実的にどうしても割りきれないような大ゲサなところは残っていた。

「オホギミは神にしませば天雲のイカヅチの上に廬《いほり》せるかも」

「オホギミは神にしませば雲かくるイカヅチ山に宮敷《みやし》きゐます」

天皇がイカズチの丘に遊んだとき人麿が歌ったものである。飛鳥《あすか》の雷《いかずち》の丘というと、いかにも壮大な山のようである。私も実物を見ないうちはそう思っていた。イカズチの丘はまた三諸《みもろ》山だのカンナビ山などともいい、蘇我のエミシがその山上に、その山下には息子の入鹿《いるか》が宮城を造ったと称されるところでもある。飛鳥川のほとり、蘇我氏のアスカにおける本拠たる山田の対岸である。

ところが実物のイカズチの丘は高さ十米《メートル》も怪しいような小さな丘で、近方の古墳の方にどれぐらい壮大なのがあるか分らぬようなチッポケなもの。特に何々の丘と名づけて呼ぶのが面映《おもは》ゆいようなものである。

「天雲の」や「雲かくる」は単に「雷」の枕言葉で、それ自身には意味がないといえばそれで済むかも知れないが、しかしながら、一首の歌全体の大ゲサさはそれで済まされないものである。そして歌一首の大ゲサな表現に比べて、雷の丘の現実の小ささは、いささか距《へだた》りが大きすぎる。現代人の神経には、現実的にひッかかるところがある。

もしも現代のヤミ成金が飛鳥のイカズチの丘を買ってその上に新築したとき、御用詩人、たとえば坂口アンゴというようなのが拝スウして、

「あなたは神であるから天雲のイカズチの上にイオリせるかも」

「雲かくるイカズチの上に宮敷きいます」

と芸術的な表現をして新築をほめた場合に、成金氏がカンジと笑って嘉納するかどうか怪しいな。

「皮肉な歌をよむなよ」

といって怒るかも知れない。現代の神経では、そうだ。これは詩の芸術的な表現という問題よりも、イカズチの丘の実物のあまりの小ささの問題なのである。実物を知らなければ文句はない。実物を知ると問題で、詩として味《あじわ》うことよりも現実的な問題だ。つまり、よまれたその時には表現されたものと実物とが神経のハカリではかられることをまぬかれないという現実的に生々しい問題がある筈である。

これは人麿の歌ではないが、飛鳥川をよんで「昨日の淵は今日は瀬となる」と天地自

然の変化の激しさを飛鳥川の流れの変化にたとえた有名な歌がある。この古歌が飛鳥川の実物をはなれ、単に詩として人々に愛誦されていることに文句はないが、これも飛鳥川の実物を見ると現実的に割りきれないものが残るようだ。

なるほど飛鳥川というものは飛鳥古京の中央を流れ、この川のあの岸この岸にいくつかのミヤコが移り変ったのであるが、川そのものは幅が二間か三間ぐらいのただの野原の小川にすぎない。

「流れの岸のべにスミレやタンポポの花ざかり」

などと小学校の唱歌の文句に用いてみるには適当かも知れんが、天地自然の変化や世の移り変りの激しさをなぞらえるには、決して適当なものではない。現代の神経では、そうだ。詩の表現の技法としてでなく、その実物からくる神経の問題だ。

しかし、当時の神経には全然ひッかからなかったと見なければならない。なぜなら天皇が人麿のイカズチの歌をきいて怒ったという話がないからである。そして、それもムリではない。記紀の諸方にみる大ゲサな表現を見れば、イカズチの丘が長屋の防空壕ぐらいの一山の土塊にすぎなくとも大ゲサすぎることはなかろう。皇室を美化するためにはどんな大ゲサな表現も大きすぎることがないという、なんでもかんでも大ゲサな表現がむさぼるように要求されていたという、文章の表現上における奇怪な一時代であった。記紀の作者に比べれば、人麿の表現は大そう控え目かも知れない。

とにかく、人麿が大ゲサな表現をたたみあげるように積み重ねて行く荘重な歌いぶりは、時の皇室にとって得がたいものであった。彼の門づけの才能は処を得て花咲きあふれ、その役割を十二分に果《はた》したが、彼は相変らず無位無冠で、武家時代でいえば足軽のような、下におろう、と東海道の松並木を叫んで通るようなハダシの徒士《かち》にすぎなかった。

彼は十四五年ミヤコづとめをして、皇子《おうじ》や皇女《おうじょ》が死ぬたびに死を悲しむ長歌をささげ、行幸や遊びのお供《とも》をしては歌をささげた。高市《たけち》皇子の死を悲しむ歌では、皇子の武功をたたえ、その戦争は一夏ですんだのに、山に雪ふる冬の戦《いくさ》の勇ましい奮戦の御有様《ありさま》もよみこんだ。ひとたび彼の門づけの詩魂が溢《あふ》れたてば、いかなる現実もそれを防ぎ止めることはできなかった。霊感と感動と表現の陶酔と調子の高まりがあるだけだ。己《おの》れを虚《むなし》うす、というのは彼の詩魂が溢れた場合、まさしくそれであった。

人麿は仕事のヒマヒマに飛鳥の里の娘とネンゴロになって通《かよ》ったり、天皇のお供をして旅にでれば土地の娘とアイビキし、その毎日は概《おおむ》ねノドカで風流なものであった。彼はミヤコで結婚し、その女が死んだりした。すると彼は門づけの詩魂によって女房の死を悲しむ長い歌もよんだ。すこしも渋滞のないものであった。自分の女房の死でも、皇子様や皇女様の死でも、高らかに感動して、感きわまって高らかに歌いあげるのは彼の天性の仕事なのだった。女房の死を悲しむ現実的な気持はとるに足らないことだ。大ゲサによみあげる感動と陶酔は、小さな現実と交《まじわ》るべきものではなかったのである。しかし、彼は時々、石見で別れてきた女房を思いだした。全然甘いところのないイヤな目玉を思いだすのだ。百姓がふむ里の畑の土のように味もウルオイもなくて、そのくせ変に自分の体温を感じさせるような、そのナレナレしさが不快でもあるし懐しくもあるような切実な目玉であった。その目玉は彼が一首よんで深く陶酔するたびに、

「ホラフキ」

と呟《つぶや》くのであった。ふと気がつくと、その呟きが彼の胸を深くさし、くいこんでいるのに気がついた。

彼はミヤコを逃げだして石見の国へ戻る決心をした。ミヤコの生活に不満があるわけではなかった。石見の女が恋しいわけでもなかった。門づけの詩魂がたくましく湧《わ》き立たなくなったのである。否、その気持になりさえすれば、門づけの詩魂はいくらでも溢れてくる天性の仕掛に狂いのある筈はないが、その感動に打ちこもうとすると、

「ホラフキ」

という呟きが深く胸にくいこんできて、打ちこむ根気がくずれるのだった。そして、なんの不満もないが、ミヤコの生活になんの魅力もなくなったのも疑えなかった。

「石見へ帰ろう」

彼は決心した。そして、まったくなんの雑念もなく、石見へ「帰ろう」と思いこんで

いた。まるで石見で生れたかのように。

気がついて熟考してみても、門づけの詩魂のほかに一生のフルサトのようなものは考えられなかった。ただ、なんとなく石見を思う。百姓がその踏みなれた無味カンソウな土を思うように。

彼は石見へ旅立った。今度は瀬戸内海の海路を下った。石見からくる時と同じように、今度も妙な、なんとなく悲しくて仕様がない旅であった。道で時々死人を見た。それが無性に悲しいのだ。門づけの詩魂の悲しみでなく、じかな悲しさであった。

彼は溺死体を見て、感動のあまり長い歌をよんだ。感動はじかなものであったのに、歌いあげてみればやっぱり門づけの歌であった。変にいつまでも感動がのこっていたが、ちッとも面白くなかった。

ミヤコにいたころも、皇子や皇女の死をいたむ歌などを作るのが商売ではあったが、誰の葬式を見ても変に感動するタチでもあった。これも門づけの根性かも知れない、と彼は思った。誰だか名も知らぬ人の葬式を見て感動のあまり歌うようなことも多かったが、そのころはそれで充《み》ち足りていた。ところがこんな悲しい旅のさなかに溺死者を見て感動のあまり歌をよんでいるというのに、そして、その感動が生々しくいつまでも尾をひいているのに、歌ったことも、その歌も、まるで紙をかんだように味もなく面白くもなかった。

「とにかく、石見へかえろうや。そうすれば……」

石見にどういう当てがあるのか自分の心に捉《とら》えがたい思いでもあったが、とにかく帰心矢の如しであり、泣きたいような傷心でもあった。

とうとう石見の国へ戻ってきた。しかし女は死んでいた。

石見からよそへ動く根気もないので、いくらか気に入った里をさがして住んだ。この地は祖神発祥のころまず開けたような平凡な里であった。

「ここで死のう」

と彼は思った。すると、いまにも死ぬような感動にとらわれた。無性に悲しく切ない現実的な感動であった。そして彼は自分が死に臨《のぞ》んでよんだ歌をつくるのに没入していた。歌はできた。

「鴨山《かもやま》の磐根《いはね》しまける吾をかも知らにと妹《いも》が待ちつつあらむ」

彼の帰るのを待っている女房などはいないのだ。けれども、そんなことは、どうでもよかった。この歌の中に実在する生活や生命の問題だ。けれども、自分自身が死に臨んで、という切実な歌も、要するに門づけの歌であった。つまり門づけをしていた自分も、よそのウチの神ダナの中の紙に書いた名にすぎなかったようなものだ。鴨山というのは住居の裏のイカズチの丘と同じような小さい丘のことだ。磐根しまく、は大ゲサすぎるが、まア小さなムカデの寝床としてなら現実的に磐根しまいても通用しよう。それも問題ではないのだ。大切なのは、感動だ。陶酔だ。

しかし、現実的な感動は涯《はて》しなく切ないのに、できた歌は感動を塡《う》め充《みた》してくれなかった。

そこで彼は彼の死目《しにめ》に会えなかった女房の歌というのを二首つくって、つけくわえた。

「今日《けふ》今日と吾が待つ君は石川の貝に交《まぢ》りて在りといはずやも」

「直《ただ》に逢はば逢ひかつましじ石川に雲立ち渡れ見つつ偲《しの》ばむ」

物足りない気持は残った。しかし、もう歌の出来栄えも問題ではない。すべてが慟哭《どうこく》したいのだ。一生の全てが。

ミヤコから人が訪ねてきたとき、彼は死に臨んでよめる歌と女房が彼の死に際してよめる歌をミヤコの人々に托《たく》した。

ミヤコでそれを読んだ丹比真人《たじひのまひと》が、死んだ人麿の代りに女房に答える歌をつくって、つけたした。

「荒波に寄りくる玉《たま》を枕に置き吾ここにありと誰か告げなむ」

出来のわるい歌だ。しかし、それも人麿にとっては、もはやどうでもよいことだった。

門づけの詩魂溢るる一生は、実はつまらない一生だった。思えば悲しい一生でもあった。

土をふむ百姓の一生は、ただ一日のようなものだ。しかし門づけの一生は、とうてい土をふむ一日には及ばない。

　無能な人麿は小さな畑を不器用に耕《たがや》しながら、いつとはなく息をひきとった。村の邪魔物のような風来坊の老いぼれが死んだので、村の人々はどこかの片隅へ葬った。本当の死にのぞんで、彼はすでに歌わない人麿であった。そして片隅へ葬られた名無しの老いぼれが、歌を忘れた代りに、虫のようにシミジミと一生を一日のように生きおおせたのを、勿論《もちろん》、誰も問題にしなかった。

直江山城守

昨秋、友人の家で、辻参謀の相棒と称する中佐に会ったことがある。友人のところへ原稿を持参し、雑誌社へスイセン方を依頼に来たのだそうである。

この人物、日本では海軍中佐であったが、中共軍では中将で、武道十八般及び唐手《からて》等の段を合計すると四十七段になると称しておった。

この豪傑の話をどこまで信用してよろしいか分らないが、太平洋戦争のはじめに潜水艦に乗ってドカンと敵地を砲撃したと思うと、アッツ島へまわり、一転して南方の陸地の戦場に現れているというグアイであり、終戦後は、中共軍を指揮して朝鮮へなだれこんだと思うと、翌月には台湾に南国気分を味《あじわ》い、そのまた翌月は中共の博士と一しょに横浜へ上陸しているというようなグアイであった。

この豪傑にかかると、三千里どころか、三十万里でも三千万里でも潜行旅行は易々《やすやす》たるもののようで、お釈迦《しやか》サマの説法すらも信じない私に、豪傑の話を信じろというのはムリである。

私の留守宅へも一度現れたそうだ。それは私が友人宅で彼に初対面の翌々日だった。

「郷里へ行く途中ですから、ちょッと入浴に立ち寄りました。東京では辻のことで種々《いろいろ》御主人のお世話になりましたが、幸い辻の病気もよくなりそうですから御安心下さい」

玄関へ姿を見せた女房に向って、道路の上から大きな声で叫んだそうである。辻というのは目下も潜行中の参謀のことである。私が辻にいろいろ世話をしてやったなどとは外聞のわるい話であるから、女房はキモをつぶしたそうである。私が辻参謀の世話をしてやったなぞとはマッカなウソで、辻参謀に対面したこともなく、一文の喜捨《きしゃ》もしていない、が面食《めんくら》った女房がお酒をもてなしてやると、ナポレオンの遠征も物の数ではないような武勇伝の数々を語ってきかせて、ひそかに某所に入院中の辻の病状をつぶさに伝えて立ち去ったそうだ。

女房の話をきいた消息通の説によると、辻参謀の入院中の場所と病状はウソではなかったそうである。

以上の話だけだと、いかにもホラフキのイカサマ師のようであるが、ホラフキの点は確かなようだが、必ずしもイカサマ師ではないような気がする。その目がいかにも澄んでいるし、常に嘻々《きき》としてミジンもカゲリのない様が、彼の童心を証しているようであったから。

ちかごろ昔の将軍連がハリキリはじめたそうであるが、そういう時世におされた俄《にわ》かづくりのハリキリ方とは意味がちがう。多くの昔の将軍連はジョンボリした時期があってのハリキリ方だが、この豪傑の人生には一度もショボリした時間がなかったように見えた。

戦争もたのしかったが、負けて逃げまわってイタズラするのが、これまた無性にたのしくてやりきれないというように見えた。

「たぶん、辻参謀も同じような男だろう」

と私は考えた。私が豪傑に対面したとき、私自身も潜行中ではあったが、とても彼のように嬉々として無性にハリキるような上質な潜行ぶりではなかったから、そのオドロキはいささか妙であった。感心していいのか、バカにしていいのか、分らんようなオドロキではあった。

辻参謀という男も彼同様にハラン万丈の戦争狂、冒険狂というのであろうが、戦地の将軍連の酒池肉林の生活に激怒して、抜刀してパンパン屋へ乗りこみ遊興中の将軍連をふるえ上らせたそうだ。冒険に対して生一本で他に俗念のすくない清潔な様子は私が対面した彼の相棒と称する人物においても同じであった。

ちょっとスケールは違うが、海軍の山本元帥という人が、俗念なく戦争にうちこんでいたようである。彼はこの戦争に反対だったそうだが、負けることがハッキリ分っていたから反対だっただけの話で——否、負ける戦争と承知でも、その戦争ぶりには天来のハリキリ方が感じられるようである。

紀元二千六百年式典に招待されたとき、

「司令長官が軍艦を離れては、誰が海をまもるか」

と出席を拒絶したそうである。まだ大戦争のはじまる前の話だ。彼の生来のハリキリ方を見るべきである。

＊

直江山城守《なおえやましろのかみ》という人物も一面においては無邪気で素直なハリキリ将軍であった。私は彼の時代に同じように生一本のハリキリ将軍を他に二人知っている。

一人は彼の主人であり、師であった上杉謙信《うえすぎけんしん》である。

他の一人は、彼の弟子たる真田幸村《さなだゆきむら》である。なぜ弟子かというと、天正十三年に彼は上杉家へ人質となり、直江山城の教育をうけたらしいフシがあるからである。

教祖の謙信は仏門に帰して僧形《そうぎょう》で戦場へ現れるという一生不犯《ふぼん》の戦争狂であるが、弟子の山城も、又弟子の幸村も、同じように正義をたて、勇みに勇んで戦争をやり、戦略をねるのが大好物の俗念のすくない人物であった。まったく慾得《よくとく》ぬきなのだ。義を立てて、一肌ぬいで戦うのが好きなだけだ。そして、謙信と山城の生れた国から山本元帥も生れたのである。教祖謙信の流れをくむ最後の弟子かも知れない。私も同じ国の生れであるが、とてもこう無邪気で勇敢で俗念のない戦争マニヤになれるような大ソレた人物ではないのである。

無慾な奴ほど手にあまるものはない、という南洲《なんしゅう》先生の説の由《よし》であるが、まったく右の三人の師弟は、彼を相手にまわした者にはヤッカイ千万な困り者であった。まず謙信には武田信玄《たけだしんげん》が手こずった。

信玄は都へ攻めのぼって日本の大将軍になりたいのだが、謙信という喧嘩《けんか》好きの坊主が彼をみこんでムヤミに戦争をうり、全然たのしがっているから、都へゆっくり攻め上るヒマがないのである。見こまれた信玄は、大こまりであった。なにぶん相手の坊主は天下の大将軍になろうというような慾がないのである。ただもう信玄を好敵手と見こんで、その戦略に熱中して打ちこんでいるのである。

謙信も晩年において都へ攻め上ろうとし、まさに出陣に当って、病死した。これだって、自発的に都へ攻め上ろうと思ったわけではない。時の朝廷にたのまれた。そこで、ミコシをあげることになった。この「たのまれる」というのが大事なところなのである。大義名分が何よりの大好物だ。末の弟子の山本元帥も似たようなことを云《い》ってる。「負ける戦争には反対である。けれども国家が戦争を決意した以上は、徹底的にやる」謙信流というべきであろう。

山城も、幸村も、そうだった。彼らは頭は悪くはない。つまり、見透《みとお》しは至極《しごく》シッカりしているのである。けれども、ハッキリ負ける見透しが分っていながら、たのまれれば、嘻々として、勇みに勇み、また冷静メンミツそのものの作戦にうちこむのであった。読史家《とくしか》の多くはいう。まさに京をめざして出陣という時に謙信が死んだから、織田信長《おだのぶなが》は命拾いもしたし、天下も拾った、と。そうでしょうか？　私は信長が勝ったと思うよ。

史家はいう。信長は膝を屈し、まさに哀願泣訴《あいがんきゅうそ》する如くにして、謙信の上京をおくらせ思い止《とど》まらせようとした、と。しかし、それが信長の作戦であったろう。そして、出陣のおくれた謙信は、それだけ田舎豪傑であったと私は思う。

信長は刀よりも槍を、槍よりも鉄砲を、兵器の主要なものとして選び、それによって戦争に勝っていた。謙信が鉄砲を重視したような形跡は見られない。

なるほど、後年の上杉藩は鉄砲を重視した。上杉家に伝わる「鉄砲一巻の事」はその事実を語っているが、そこに語られていることは、越後《えちご》から会津《あいづ》へ国替えになる時から後のことで、謙信の没後、主として直江山城守の事蹟にかかっている。

信玄相手に田舎のイザコザにたのしく打ちこんでいた謙信は、近代兵器ということを余り考えない男であった。相手の信玄は織田信長よりも早く鉄砲に注目し、それを取り寄せた男であった。しかし、当時の鉄砲は火縄銃であるから、タマごめして火がつくまでに時間がかかる。一発うって二発目までの時間に敵に斬りこまれる不利があった。

そこで信玄は鉄砲に見切りをつけた。そして、敵の鉄砲と闘うには、一発目を防ぐ用意があればよい。それを防げば二発目までに斬りこむことができるから。そう考えた。そこで第一発目のタマよけ専門の楯をつくった。それでよいと思ったのである。

織田信長はその反対をやった。彼は一発と二発目の時間をなくすることを工夫した。鉄砲そのものの改良は不可能であったが、その用法によってタマごめの時間をなくしたのである。

彼は鉄砲陣地の前面に竹の柵をかまえ、その内側に鉄砲組を三段に配列させた。第一列の発射の次に第二列が、そのまた次に第三列が、そして、第三列の発射が終る時には第一列のタマごめの用意ができ上っているという方法であった。

武田軍は第一発目だけを防ぐ楯《たて》に守られて、信長の鉄砲組の柵に向って向う見ずに突撃し、大半が討ち死して敗走したのである。これらの武田方の猪武者《いのししむしや》と追いつ追われつ勝敗なしの好取組をたのしんでいた謙信は、信長の鉄砲作戦に打ち勝つ用意があったかどうか、私はあやしいものだと思うのである。

さすがに弟子の山城は、新兵器に敏感であった。彼の時代になって、上杉家の鉄砲戦術は完備したのである。

謙信が死んだおかげで信長が命を拾ったかどうかは疑問だが、信長が死んだおかげで、直江山城とその主人の上杉景勝《かげかつ》が命を拾ったのは事実であった。山城はほぼ天下平定しつつあった信長にたてつき、まったく勝味《かちみ》のない防戦中、信長の死によって、助かった。負けはハッキリ分っているのに、オレだけはたった一人信長にたてついてみせる、と景勝は豪語した。それはむしろ軍師たる直江山城の考えであろう。山城はそういう男だ。信長が憎いわけでもなければ、恨みがあるわけではない。行きがかり上の問題だ。むしろ戦争の相手である故《ゆえ》に、彼にとってはある種の「なつかしさ」のこもった相手であるかも知れない。謙信の流儀も、そうであった。

直江山城のこの流儀に一番イヤな思いをさせられたのは、徳川家康《とくがわいえやす》であった。

＊

家康の兵力を東へひきつけておいて、そのヒマに、西で秀頼《ひでより》を擁して挙兵するという関ヶ原の策戦の第一課は直江山城が立案し、それに力を得て石田三成《いしだみつなり》が事を起したといわれている。

しかし、石田三成はどうしても関ヶ原の戦争にまで至らねばならぬ筋があったが、直江山城にはそれがない。これも行きがかりの問題にすぎないのだ。そして、また、困ったことには、大義名分という謙信流の戦争憲法第一条がチャンとそろっていた。

直江山城の行きがかりとは、三成と彼との年来の交誼《こうぎ》である。信長の死後、彼に代った秀吉《ひでよし》と上杉景勝とは一転して交誼を深めるようになった。信長の死の翌年には、すでに両者は誓書を交《かわ》し、両家の交誼は、三成と山城が代表して行うようになったのである。

それからの交誼であった。

秀吉は上杉景勝を会津百二十万石に封じた。家老の直江山城は米沢《よねざわ》三十万石の領地をもらった。これは秀吉が特に景勝に命じてさせたという説があるが、確証はない。

上杉百二十万石は、徳川、毛利につぐものだ。山城はその家老にすぎないが、彼以上の石高《こくだか》をもらった大名はたった十人しかいない。即《すなわ》ち、徳川、毛利、上杉、前田、伊達、宇喜多、島津、佐竹、小早川、鍋島、の十家である。次に堀秀治《ほりひではる》が越後三十万石で、彼と同じ石高。次が加藤清正《かとうきよまさ》二十五万石。石田三成も二十万石にすぎない。名実ともに大名以上の家老が現れたのである。

会津は奥州《おうしゅう》という熊の、月の輪に当るようなところであった。奥州は昔から反乱の多かったところで、その気風は秀吉のころに至っても絶えなかったところである。仙台には伊達政宗《だてまさむね》という小うるさい田舎豪傑も居るが、常陸《ひたち》から秋田へ封ぜられた佐竹氏が土民に信者の少《すくな》からぬ豪族であった。

こういう小うるさい奥州の熊をノドの月の輪でグッと押《おさ》えつけている力が必要であった。表裏の少ない上杉景勝はその適役であったが、秀吉としては、景勝よりも、家老の直江山城の方がもッと実質的にタヨリとなる人物であったろう。

山城の領した米沢が、まさに月の輪の要点だった。秋田方面からの通路をさえぎり、一山こえて仙台の背面へなだれこむ要点であった。

伏見《ふしみ》城に大名たちが集まったとき、伊達政宗が金貨をとりだして見せた。みんなが手にとって珍しがって眺めたが、山城だけは扇の上にうけて、ころがして眺めている。それを見た政宗は、奴め、陪臣《ばいしん》だから（陪臣とは大名の又家来ということ）卑下して手にとらないのだなと考え、

「遠慮なく手にとって眺めたまえ」

といった。すると山城は答えて、

「先公謙信以来、先鋒の任について兵馬をあやつる大切な手に金貨なんか握られないね」

と扇子を一と煽《あお》ぎしたから、金貨は政宗の膝の前へとんでいって落ちたという。これは伝説のたぐいであろうが、しかし政宗という田舎豪傑を押える役割の山城の位置を巧まずして表わしているように思う。

山城守は中央政府に接触以来、三成とは最も深く交り、また秀吉に信頼せられた。そういう行きがかりはあったけれども、家康と反目しなければならないような必然的なものは他に見出すことができない。彼が関ヶ原の首謀者であったことから考えて、彼と家康との本来の不和を人々は想像し、当てはめているだけのことにすぎない。

家康はたしかに英傑である。そして、英傑を知る明のすぐれている山城がそれを知らなかった筈《はず》はない。のみならず、家康は石橋を叩いて渡る人のように思われているが、

盟約に義理をたてて、負けることが分りきった戦争を買ってでて、大敗北し、危《あやう》く生きて逃げ戻り、大飯食《くら》って血まみれのままグッスリねることが出来るようなバカげたことのできた大人物でもあった。性格において一脈山城に通じている人だ。そして山城よりも一まわり大きい人物だった。

むしろ二人はひそかに相手の人柄を知り合い、心境を知り合っていたであろう。関ヶ原の乱後、首謀者の一人とハッキリ分っている山城が、山城だけが、さしたる刑もうけず、ただ会津百二十万石の上杉家が米沢三十万石に減らされただけだった。米沢三十万石とは本来山城の領地であった。

私は思うに、行きがかりの義理を愛する戦争マニヤという以外に他意のない山城の心境を、家康は誰よりも見ぬいていた。のみならず、山城という人物が自分にとって有用なことを知っていた。なぜなら、この光風霽月《こうふうせいげつ》の心境とも称すべき策戦マニヤが、自分のためにも奥州の熊のノドの月の輪を押えてくれることを信じていたのだ、と私は思うからである。

主家が三十万石にへらされても、山城は五万石もらった。けれども、五千石しか受けとらなかったという。彼は家康からもA級戦犯扱いはうけなかったが、彼のために領地の大半を失った主人からも全然怒られもしなかった。無慾テンタンの冒険家で、天下を狙うわけでもなく、光風霽月の策戦マニヤの心境が主人にも理解せられ、愛されていたのであろう。主人は山城よりも五ツ兄であるが、まるで二三十も弟のように、そして、山城に傾倒師事しているかのように察せられるフシも見える。そのために家来が大きく見えるのは当然だが、主人も大きく見える。そして主従に共通していることは、表裏が少《すく》く、慾念が薄かった、ということであった。そして、策戦マニヤではあったが、野心家ではなかった。こんなのを敵にまわすと、余計な大汗をかかねばならぬ。家康はまさに大汗をかかされたけれども、怒らなかった。今度山城に大汗かかされる人物は、すでに自分ではなくて、自分の敵がそうなるハメになるだろうということを見ぬいたからであった。

関ヶ原戦争の作戦第一課、挙兵の巻は山城が立案した。そして、その通りに挙兵の巻はうまく運んだ。しかし、西へ引返した家康は、関ヶ原の戦争において、たった半日の戦争において、三成を破った。金吾秀秋《きんごひであき》の裏切によってである。それも、作戦であった。三成の敗北に変りはない。山城の敗北にも変りはなかった。また何をかいわんや、である。山城は光風霽月であった。

＊

山城守は、生家は樋口《ひぐち》という。生家の身分は低かったが、後に重臣の直江家へ養子となったのである。

彼は少年時代に謙信の小姓《こしょう》に上った。石田三成は彼と同年の生れで、秀吉のお茶坊主上り。育ち方もちょッと似ている。

謙信の側近に侍《じ》して、その死に至る彼の十九歳まで薫育をうけたから、主人であり教祖でもある策戦マニヤの良いところは大がい取り入れてワガ物にしていた。

謙信は文筆も愛し、詩人でもあった。さもあろう。詩人でなければ、彼のように慾のすくないチャンバラ・マニヤは考えられないことである。天下の大将軍などということは殆《ほとん》ど考えたこともなく、ただもうたのしんで信玄を追いまわし、敵が困れば塩を送ってやったり、その敵の死をきけばポロリと箸を落して、アア好漢を殺したか、と一嘆《ひとなげ》きとは、実にバカバカしいほどたのしそうではないか。

弟子の山城も文筆を愛し、彼もまた詩人であった。決してヒネクレた詩人ではない。当り前だ。非常に素直な詩人であった。どうも、漢詩であるから、私には充分な鑑賞の能力はないが、月を月とよみ、白を白とよむような、素直で、また平凡な詩人であった。ヒネクレたところがなく、深みを出そうとするようなアガキも見られない。つまり、慾のない詩というべきであろう。彼の人柄はそういうところにも現れている。

山城は朝鮮役に従軍のとき、宋版の漢籍等、当時すでに本国の支那《しな》で見かけることのできないような貴重な活版本を持って帰った。それは今日でも米沢に残っているそうだ。彼は師の謙信、弟子の幸村に比べて、人柄は一番温厚で、特に事を好まぬ性質のようだ。策戦マニヤではあるが、戦争マニヤではなかった。決して、いわゆる策師ではなく、光風霽月の策戦マニヤというべきであった。

こういう彼の温和で素直な心境は、新井《あらい》白石《はくせき》のようなヒネクレた史家には分りッこない。直江山城といえば大そう才走った策師黒幕と考えられがちであるが、彼の目的を正しく考えると、俗人の俗念のようなものが殆ど見ることができないのだ。

関ヶ原の役後、彼は景勝に従って江戸へでた。徳川秀忠《ひでただ》はこの主従の懐柔策として上杉邸訪問を考えていたが、危《あや》うんで実行しかねているのを山城は見てとったから、景勝の方からどうぞと御来臨を乞《こ》わせ、自分たちの家来は全部別邸へ遠ざけ、徳川家の家臣に来邸を乞うて準備接待一切に当らせた。秀忠は安心して交驩《こうかん》したという。

いかにも、へつらッて策をねっているように見られ易《やす》いであろうが、秀忠に訪問の意志があり、ただ危険を怖れて実行し得ないことが分っている上に、山城自身にも一向に他意も害心もないとあれば、一番カンタンにそれを実証して心おきなく交驩するカンタン明快な手はこれに限るではないか。策というよりも、むしろメンドウで、ヒネクレたところや、表裏というものが、ないせいだ。一見、奇策の如くであるが、実は甚《はなは》だ明快に、ただ手ッとり早くその物ズバリと物の本質をつく策をとっているだけのことであろう。彼にとっては奇も変もなく至極平凡当然な手段にすぎなかったのであろう。

領地を治めるにも、一番当り前のことをしているだけだ。政治といい、戦略といい、要はそこであろう。鉄砲のタマごめに時間がかかるとあれば、その時間をなくする何かの工夫が必要なだけだ。実に当然な話であるが、それが実は天才にだけしか分らない。本当に当り前のことは、天才の独創によって発見されるものだ。

直江山城は信長、秀吉、家康に比べれば、どうしても一まわりスケールの小さい人物ではあるが、その天分は田舎豪傑の域を脱したものであった。

伊達政宗とか黒田如水《くろだじょすい》のような策略的な田舎豪傑の目から見ると、たかが大名の家老に満足している山城がバカに見えたであろう。なるほど石高は三十万石という一流の大名のものではあり、豊臣家も徳川家も山城を扱うには別格で、よその家老は呼びすてだが、彼にだけは殿をつけていた。そういう特別の格式はあったが、要するにたかが大名の家老にすぎんじゃないか。別格の扱い程度に満足しているなんぞは尚《なお》さらバカの証拠だ。こういうように考えられたかも知れない。

しかし、本当に天分ある人間は、道をたのしむことを知っており、本来の処世においては無策なものである。秀吉にしても、家康にしても、信長が急死して天下の順が自分にまわりそうになるまでは、自分の天下、というようなことは考えていないのだ。秀吉は信長の一の家来で満足したのであろうし、家康は別格の盟友で満足していたであろう。本当に天分ある人は、本来そういうものである。

直江山城だって、その通りである。直接天下者の家来であろうと、又家来であろうと、家来に二ツはありやしない。真に実力ある人間にとっては、そういうものだ。

政宗や如水はそうではなかった。彼らは天下の広大のことも、物の怖れも知らない田舎侍にすぎないのだ。ただもうドサクサまぎれに一かせぎして、それで天下がとれる気になっていたのだから、笑止である。

直江山城に至っては、秀吉や家康よりも、性格的にひどく無慾淡泊で、あるいは、そういうところに彼の弱点があったかも知れない。なぜなら、必要は発明の母という通り、慾念は成功の母かも知れないからである。

彼は百二十万石の大名ぐらいには、いつでもなれる立場にいた。つまり、主人を倒して、とって代ればすぐさま天下一二の大大名になれる立場におり、主人と意見が対立してもフシギではないような場合も再三ならずあった筈である。

しかし彼には主人にとって代る必要などは毛頭なかったのである。上杉の家老で充分に自分の天分をたのしむ機会はあるのだから。上杉の主人であることと、家老であることにはなんの変りもない。要するに上杉家を動かす者は彼なのだ。主人と家老に実質的に差がないこと、そこに至ることが大そうな天分ではないか。その上の必要がないことを知るのも天分である。

山城はその鋭さにおいては信長に通じ、快活なところでは秀吉に通じ、律儀温厚なところでは家康に通じ、チミツな頭とふてぶてしさでは三人に同時に通じていた。つまり三人の長所はみんな持っていた。しかし、なんとなくスケールが小さいのは、その天性の無慾のせいによるのかも知れない。

謙信、山城、幸村と三人ならべると、私は山城が一番好きである。山城が一番素直で、ひねくれたところがないせいもあるが、天分も一番すぐれているように思う。

人々は彼が上杉の家老にすぎないために天分が家老なみだと思うようだが、彼がもしも謙信の立場におれば、その時こそ信長は安心できなかったろうと思うのである。山城が謙信ならば、もッと早く中原《ちゅうげん》に向って進撃し、したがって信長の征覇も危かったように私は考えているのである。

山城は武田信玄相手の戦争ごッこに、いつまでも、いつまでも、全然たのしんで打ちこんでいるようなチャンバラ好きの気風は少ないのである。もッと本質的なものに打ちこむ男である。

*

山城が上杉家の中心人物となった時には、すでに上杉家が中原へ進撃できるような機会も大義名分もなくなっていたし、中原を定めた人の勢力ははるか強大なものに育っていた。そういうメグリアワセであり、行きがかりであっただけである。そして、そのメグリアワセや行きがかりに抗して一か八かの勝負を強《し》いてやりたがるようなヒネクレ方は彼にはなかった。彼が強大な信長や家康に抗したのは別の行きがかりである。そして、いったん抗した以上は、傲然《ごうぜん》として相手をヘイゲイし、ひるまない。

関ヶ原の戦争全体を通観すれば、山城が立案して果《はた》した彼の役割までは、完全に彼が勝っていた。負けたのは三成である。

もしも三成が勝った場合、三成が西国を領し、山城が東国を領する密約であったなぞと勝手な邪推があるけれども、山城とはおよそそのような人物ではないのである。東国を領したいような根性があれば、天下を領するであろう。しかし、彼にそのような野望があれば、たかが大名の家老の職に平然と甘んじている筈がないではないか。この彼の素直さがヒネクレ人には分らないのだ。

彼の一生はハラン万丈というべきものであった。身は大名のただの家老でありながら関ヶ原の主謀者の一人であり、そしてその戦争に負けた。しかも彼の一生はどこにもアクセクしたようなカゲリがなく、悠々《ゆうゆう》としてせまらない。鉄のような「責任」の念が確立していなければ、こんな生き方はできるものではない。武人としてはまことになつかしい人柄ではないか。

謙信や幸村に似たハリキリ将軍は現れるが、山城のようななつかしい武人はめったに現れるものではない。

勝夢酔

勝海舟《かつかいしゅう》の明治二十年、ちょうど鹿鳴館《ろくめいかん》時代の建白書の一節に次のようなのがある。

「国内にたくさんの鉄道をしくのは人民の便利だけでなくそれ自体が軍備でもある。多く人を徴兵する代りに、鉄道敷設《ふせつ》に費用をかけなさい」

卓見ですね。当時六十五のオジイサンの説である。当時だからこうだが、今日においてなら、国防といえば原子バクダン以外には手がなかろう。兵隊なんぞは無用の長物だ。もっとも、それよりも、戦争をしないこと、なくすることに目的をおくべきであろう。

海舟という人は内外の学問や現実を考究して、それ以外に政治の目的はない、そして万民を安からしめるのが政治だということを骨身に徹して会得《えとく》し、身命を賭《と》して実行した人である。近代日本においては最大の、そして頭ぬけた傑物だ。

明治維新に勝った方の官軍というものは、尊皇を呼号しても、尊皇自体は政治ではない。薩長という各自の殻も背負ってるし、とにかく幕府を倒すために歩調を合せる程《ほど》のことに政治力の限界があった。

ところが負けた方の総大将の勝海舟は、幕府のなくなる方が日本全体の改良に役立つことに成算あって確信をもって負けた。否、戦争せずに負けることに努力した。幕府制度の欠点を知悉《ちしつ》し、それに代るにより良き策に理論的にも実際的にも成算があって事をなした人は、勝った官軍の人々ではなく、負けた海舟ただ一人である。理を究《きわ》めた確実さは彼だけにしかなかった。官軍の誰よりも段違いに幕府無き後の日本の生長に具体的な成算があった。

負けた大将だから維新後の政治に登用されなかったが、明治新政府は活気はあったが、確実さというものがない。それは海舟という理を究めた確実な識見を容《い》れる能力のない新政府だから、当然な結果ではあった。

維新後の三十年ぐらいと、今度の敗戦後の七年とは甚《はなは》だ似ているようだ。敗戦後の日本は外国の占領下だから、明治維新とは違うと考えるのは当らない。

前記明治二十年の海舟の建白書に、

「日本の政治は薩長両藩に握られ、両藩が政権を争ってるようなものでヘンポである」とあるが、つまり薩長も実質的には占領軍だった。薩長政府から独立しなければ、日本という独立国ではなかったのである。維新後は三十余年もダラダラと占領政策がつづいていたようなもので、ただ一人幕府を投げすてた海舟だけが三十年前から一貫して幕府もなければ薩長もなく、日本という一ツの国の政治だけを考えていた。

つまり負けた幕府や旗本というものは、今の日本でいうと、旧軍閥や右翼のようなものだ。軍閥や右翼は敗戦後六七年で旧態依然たるウゴメキを現しはじめたが、明治の旗本は全然復活しなかった。いち早くただの日本人になりきってしまった。海舟という偉大な総大将が復活の手蔓《てづる》を全然与えなかったのだ。明治新政府の政治力によるものではなかったのである。

海舟は彼にすがる旗本たちの浅薄な輿論《よろん》に巻きこまれたり担《かつ》ぎ上げられたりしなかった。彼には人に担ぎ上げられるような不安定さがミジンもない。彼の理を究めた確実な目に対しては、取巻き連も取りつく島がなかった。

海舟の政治心得第一条は「高い運上（税金）は国を亡ぼす」ということだった。また「形式をはるな」ということだ。彼の目は実質的なもの、積極的なプラスでなければ取りあわないという点では精密な機械のようなものであった。ただ時代的な幼稚さに相応せざるを得ないから、そこに発した狂いはまま有るだけの話である。

こういう偉大な傑作は歴史がなければ生れない。彼を生んだものは、時代もあるし、天分でもあるが、もう一ツ彼の場合には親父があった。本篇の主人公、勝夢酔《むすい》である。捧腹《ほうふく》絶倒的な怪オヤジであるが、海舟に具《そな》わる天才と筋金は概《おおむ》ね親父から貰《もら》ったものだ。

少年時代のガキ大将は珍しくないが、このオヤジは一生涯ガキ大将であった。

剣術使いだから、他流試合にでかけて腕自慢を叩きふせて家来にしたが、ヨタモノの親分とは違う。コブンにたよる根性がない。いつも一人で暴れていた。威勢を見せて大いに顔をうって嬉しがっていたが、それを渡世にしてお金をもうけているわけではなく、そのためにお金がかかって貧乏のしつづけだった。御家人《ごけにん》のお給金では家族も満足に養《やしな》えないし、剣術の師匠もお金にならないから、彼のあみだした本業は主として刀剣のブローカーであった。夜店の道具市には必ずでかけて、せッせとメキキして、買ったり売ったりした。折にふれて病人の憑《つ》き物を落してやって謝礼を貰ったり、意趣返《いしゅがえ》しのついでに二百両ほどくすねたりしていろいろのミイリを編みだしたが、遊んだり顔を売るのに金がかかるから、大いに稼ぐけれども、貧乏直しに百日間の水行《みずぎょう》などをやらなければならなかった。

河内山《こうちやま》のようなユスリタカリにも工夫や発明は必要であるが、ユスリタカリは得てして月並なものである。

ところが夢酔が悪所《あくしょ》で顔をうって遊ぶために金モウケに精根かたむけて精進し、折にふれて編みだした工夫に富んだ発明というものは涙ぐましいほど独創的で計画的であったが、収支がつぐなわなかった。

つまり月並な悪党が月並な方法で彼の何十百倍稼ぎうるのに、彼はイノチを張って精進練磨し、熟慮し、また霊感を得て、鬼神をも驚倒せしめる秘策を編みだしたけれども、その収穫は小悪党の月並な稼ぎにも及ばないのだ。つまり、彼は人生の詩人であった。

「おれほどの馬鹿な者は世の中にもあんまり有《ある》まいと思う故《ゆえ》に孫やひこの為《ため》に話してきかせるが、よく不法もの馬鹿もののいましめにするがいいぜ」

これは彼が自分の無頼《ぶらい》の一生を叙述して子孫のイマシメにするために残した「夢酔独言」という奇怪にして捧腹絶倒すべき自叙伝の書き出しの文章である。

しかし彼は子孫が真人間になるようにといくらか考えたが、自分自身が真人間になることは考えなかった。まだ天罰がこないのはフシギだといぶかりつつ純粋に無頼の一生を終ったのだ。

「孫やヒコのイマシメのために」とあって、子供のイマシメ、と書いてないのは、子供の出来がよかったからである。つまり海舟やその妹が子供ながら出来がよくて、オヤジがイマシメを言うところは何もなかった。仕方がないから、まだ生れない孫やヒコを相手に、世にも異様な怪自叙伝をイマシメとして書き綴《つづ》ったのである。序文の文句は次のように結ばれている。

「先にも言う通りおれは之《これ》までなんにも文字のむずかしいことはよめぬから、ここにかくにもかいなのちがいも多くあるからよくよく考えてよむべし」

引用の部分は読み易《やす》いが、本文は彼がふだん用いているベランメー口調のまま勝手な当て字で書いてるから、彼の保証通り難解をきわめ、よくよく考えても一通りでは分らない。しかし彼の一生は一見単純明快で、もっと難解をきわめている。子供において完成した詩が、オヤジにおいては未完成で、体《たい》をなしていないからである。

＊

彼は剣術使いのウチに生れたせいか、生れて歩けるようになると近所の子と秘術をつくしてケンカにはげみ近隣に名をとどろかしたが、正規の剣術の稽古《けいこ》はまだるッこくて身を入れなかった。

十四の年に彼が思うには、男は何をしても一生食えるから、上方《かみがた》へかけおちして一生そこで暮そう、と志を立てて家出した。かけおちとは単に家出という意味だ。モモヒキをはき七八両盗みだして出たが小田原でゴマノハイに金をすられ、宿屋の亭主にすすめられて手にヒシャクをもち乞食をしながら旅をすることになった。

お伊勢参りを完了した直後に熱がでて松原に二十三日ほど寝倒れていたが近所の坊主が親切にしてくれ、様子を見に来てはカユなぞ恵んでくれた。ようやく動けるようになったから、坊主に礼をいって、杖《つえ》にすがって一日に一里ぐらいずつ歩き、疲れると乞食の穴へ入れてもらって六七日休息したが、食べ物は自分で貰いにでる必要があるから村へ物乞いに行くと、番太郎の六尺棒にブン殴られて村の外へつまみだされるというように、乞食生活も病気になると楽ではない。とはいえ、時にはウチで奉公しろとか、ウチの子供になれ、とか言ってくる人もいたが、五六日いると窮屈で、長逗留《ながとうりゅう》はできなかった。また乞食になってはブラブラ歩くうちに崖から落ちてキンタマを打って気絶したのが元でキンタマが腫《は》れて膿《うみ》がしたたるようになり閉口して江戸のわが家へ戻ったが、キンタマがくずれて起居もできぬようになり、二年間外出できなかった。

よくよくキンタマにたたられた親子で、海舟も九ツの年に病犬にキンタマをかまれた。狂犬病は治らんというから、これは狂犬ではなかったのかも知れん。しかし死の手前をさまよい七十日間床《とこ》についた。外科の医者がふるえて海舟のキンタマを縫《ぬ》えないから、オヤジが刀を子供の枕元へ突ッ立てて大いに力んでキンタマを縫ってやったら海舟も泣かなかった。しかし命は今晩にも請け合わぬと医者がいうから、家の者は泣くばかりで何もできない。オヤジは大いに怒ってその日から毎日毎晩水を浴びて金比羅《こんぴら》サマへ裸参りをし、始終海舟を抱いてねて誰にも手をつけさせず、毎日毎日あばれたから（但し、あばれたのはオヤジ自身の方である。なぜ暴れたか意味不明）近所の者はあの剣術使いは子供が犬に食われてオヤジ気が違ったといった。狂犬病の発狂状態をオヤジが引き受けたせいか、海舟は七十日ねて治ったのである。「夢酔独言」に曰《いわ》く、

「それから今になんともないから病人は看病がかんじんだよ」

十六の年から起きて出勤するようになった。彼は養家の勝姓を名乗ったが、実は生れた家で育っており、勝家の方が彼の生家にころがりこんでいたのだ。なぜなら、勝家はババアと小さな孫娘（それが彼の女房たるべき娘だが）だけで両親は死んでいたからであ

る。だから勝家へ養子となってそこの娘と結婚した以外には、勝家から薫育されたものは一切なかったのである。

彼がケンカの修業を本格的にやりだしたのは、これからである。つまり正規の剣術にも身を入れはじめた。

兄の子供の新太郎と忠次郎といって彼には甥《おい》に当る相棒がいたが、ある日忠次郎を相手に剣術を使ったら、出会い頭に胴をぶん殴られて目をまわしてしまった。そこで大いに発奮して、忠次郎から評判をきいて団野という先生に弟子入りした。

また、新太郎と忠次郎のウチの用人《ようにん》の源兵衛が剣術使いで、これが夢酔に向ってケンカは好きかと訊《き》くから大好きだと答えると、

「左様《さよう》でございますか。あさっては蔵前《くらまえ》の八幡の祭りでありますが一ケンカやりましょうから一しょにいらッしゃいまして一勝負なさいまし」（文字を書き変えた以外は原文のまま）

こういう次第で、この源兵衛という用人が夢酔と新太郎と忠次郎をつれて八幡の祭礼へでかけてケンカの手ほどきをしてくれた。壮烈をきわめたケンカ指南《しなん》であった。

相手を物色して祭礼の人ごみを歩いていると向うから利《き》いた風な奴が二三人で鼻唄をうたってくるから、まず忠次郎がそいつの顔へツバをふっかけた。と、野郎が立腹して下駄でぶッてくるのを、夢酔がゲンコをかためて横ッ面をぶん殴り、あとの奴らがかか

ってくるのを盲めっぽう殴りつけて追いちらした。

ブラブラしていると二十人ほどの奴がトビ口をもって四人をとりかこんだから、刀を抜いて斬り払っていると指南番が大声で、

「早く門外へ出るがいい。門をしめるとトリコになるぞ」

と訓令する。そこで四人並んで斬りたてながら八幡様の門外へでた。するとまた新手《あらて》の加勢が三十人ほど駈《か》けつけて敵は五十人ほどになった。並木通りの入口のソバ屋かなんかの格子《こうし》を後にして一生けんめい叩き合って四五人に手傷を負わせると敵にややヒルミが見えたから、ここだ、と見こんでムヤミに斬りちらしてトビ口十本ぐらい叩き落した。

すると、また新手の加勢がきた。新手はハシゴを持ってきた。四ツのハシゴを使って抜き身の暴漢をかこんで捕るのは捕手の術の一ツで熟練すると有利なものだそうである。そこで指南の源兵衛は、

「もはやかなわぬから、あなた方三人は吉原へ逃げなさい。あとは私が斬り払って帰りますから」

という。

「お前一人は置けないから一しょに逃げることにしよう」

「いいえ、お前さん方にケガがあるといけないから是非はやくお逃げなさい。はやくは

やく」

という。そこで、夢酔は源兵衛に自分の刀を渡した。なぜなら源兵衛の刀は短いからだ。それから四人いきなり大勢の中へ斬りこんだら道があいたから一目散に逃げだして、雷門《かみなりもん》で三人落合うことができた。いったん吉原へ行ったが、源兵衛が気づかいだから、新太郎らのウチへ戻ってみると、さすがに指南番で、ちゃんと戻っていて、玄関でお酒をのんでいた。そこで四人は又々《またまた》何食わぬ顔で八幡サマへ行って自身番できいたら、四人の侍と六十名のトビと小揚《こあげ》の者の連合軍との大ゲンカがあって十八人の手負いがでて、いま外科で縫っているという話であった。

この時から源兵衛を師匠にしてケンカの稽古に身を入れた。また、ケンカの時源兵衛にかしてやった関の兼平《かねひら》が鍔元《つばもと》から三寸上で折れていた。刀は侍の大切なものだから、こいつは気をつけなくちゃアいけないと気がついて、それ以来刀のメキキも稽古した。これが後日の役にたって、彼の生計を支える主たる収入になるのである。そのとき夢酔は十六であった。

正規の剣術に身を入れてからは、同流の道場のみならず、他流の道場へむやみに試合にでかけた。夢酔の同流では車坂の井上伝兵衛が最も上格の先生らしいが、夢酔はその門人の重立ったのをみんな叩きふせて配下同然にしたそうだ。当時他流試合ははやらなくなっていたが、おれが中興だと夢酔は威張っている。神田お玉ヶ池の千葉周作《ちばしゅうさく》は同時代の人だが、その名は彼の自叙伝中には一度も現れてこない。

彼の兄が信州や越後《えちご》水原《すいばら》などの代官をやっていたので、兄について巡見に行って納米《のうまい》の割当をやったから、百姓についても知識を持ったし、その道中でも折あればケンカの腕をみがいて見聞をひろめた。

二十一の年に江戸を食いつめて、また家出をした。事があったら斬死《きりじに》するつもりでいたから何も怖いことはなかったし、田舎へ戻って一家をなしている相弟子が大事にしてくれたから、その門人に稽古をつけてやったりして江戸へ帰る気がなかったのだが、兄貴の子で彼の相棒の一人たる新太郎が迎えにきたから、仕方なしに帰ることにした。

帰ると親父によびつけられて、すでに用意されていた座敷牢へ入れられた。一カ月たたぬうちに二本の柱をぬけるようにしていつでも脱けだせる準備ができたが、考えてみるとみんなオレがわるいから起ったことだと発心して、二十一の秋から二十四の冬まで、まる三年あまり座敷牢の生活を我慢した。そのとき手習いをして、軍談本など読み、友だちも毎日きてくれるから牢屋の内と外で世間のことをきいて楽しんだ。

海舟は夢酔二十二の年に生れたから、彼もオヤジの座敷牢生活の産物であるかも知れん。これがオヤジ一世一代の神妙な三年間で、その間に手習いしたり海舟をこしらえたりしたのであった。

ところが、座敷牢はこの一度ではすまず、三十七というよい年になって、また座敷牢

へ入れられようとした。そのとき長男海舟は十六、貧乏暮しの不平もいわずシシとして

勉学に励みオヤジには篤《あつ》く孝行をつくし弟妹をいたわってよく面倒をみてやるという大

そうな模範少年に育っていた。

今回の夢酔はハイといって座敷牢には入らない。

「私も昔とちがって今では人に知られた顔になっていますから、ここへ入ればもう出ま

せん。断食して一日も早く死にます。私が長生きすると息子がこまるばかりだから、死

んだ方がマシのようだ。生きていてはとても改心の見込みはありません。また改心いた

そうなぞとは毛頭考え及びません」

という返事で、どうしても断食して死ぬツモリらしいから、座敷牢へ入れられずに家

へ帰された。すると夢酔はその足で吉原へ遊びに行った。

十六の息子と位置を取りかえた方がいいぐらい三十七のオヤジは強情なダダッ子にす

ぎないようだが、息子の海舟にとっては、たのもしい力のこもったオヤジであったろう。

人の目から見れば放蕩無頼で、やること為《な》すことトンチンカンで収支つぐなわざるバ

カモノにすぎないが、このオヤジの一生にはチャンと心棒が通っていた。トンチンカン

のようで、実は一貫した軌道から全心的に編みだされている個性的な工夫から外れてい

ることがない。社会的には風の中のゴミのようにフラフラしている存在だが、彼の個性

にジカに接触した者には、誰よりもハッキリと大地をふみしめてゆるぎのない力のこも

った彼の人生がわかるはずだ。

そういうデタラメ千万な、全然行き当りバッタリだが、その個性と工夫にとんだお金モウケや処世の秘術のいくつかを御紹介いたしましょう。

＊

妙見様《みようけん》へ参詣《さんけい》の帰りに友達のところへよると、殿村南平《とのむらなんぺい》という男がきていた。その男が、

「おまえ様は天府《てんぷ》の神を御信心と見えますが、左様でござりますか」

ときくから、そうだ、と答えると、

「左様でござります。御人相の天帝にあらわれております」

面白いことをいう奴だと思っていると、友達の親類の病人の話になった。すると、

「それは死霊がたたっております」

といって、その死霊はこれこれの男でしかじかの死に方をした人だと、見ていたようにその死にざまをツブサにのべるから、友達に向って本当かときくと、その通りだという。

そこで夢酔は大きに怖れて、

「オレがお前の弟子になるが法を教えるか」

「よろしゅうござります。ずいぶん法を教えて差上げましょう」

と南平が承知したから、自分のウチへつれて帰って、伝授をうけ、まず稲荷《いなり》を拝む法から始めて、加持《かじ》の法、摩利支天《まりしてん》の鑑通《かんつう》の法など、その他いろいろ二カ月に残らず教えてもらった。

そのお礼に着たきり雀《すずめ》の南平に四五十両の入費をかけて祈禱《きとう》所をもたせ、たくさん弟子を世話してやった。

ある日、神田の仕立屋でカゲ富《とみ》の箱をしている奴がきた。ちょうど今日は富の日だというので、それから大勢の人を集めて寄加持《よりかじ》をすることになった。

南平がミコをよんでヘイソクを持たせておいて、ゴマをたいて祈って神イサメをすると、ミコが口走りはじめて、

「今日は六の大目、富は何番何番がよろし」

という。一同はこれをきいて大いに嬉しがっている。それをジッと見ていた夢酔が、ちょッと待て、と進みでて、

「はじめて寄加持を見て恐れ入った。しかし、これはずいぶん出来ることだろう」

すると南平がまだ答えないのに、仕立屋が口をだして、

「寄加持には特別の法があるから、勝さまが威張ってもダメでござんす」

「良くつもッてみろ。どこの馬の骨だか分らない南平にできることだから、あれと同じことを旗本のオレが一心不乱にやれば神が乗りうつらぬ筈《はず》はない。南平の言葉もきかず

に、オヌシが出すぎたことをいうな」

「それはあなた様が御無理だ。神様の法というものは旗本だからどうという物ではありますまい」

「よろしい。論は無益だから、オヌシもここへでてこい」

と夢酔は部屋のマンナカへ出て、

「オヌシはオレの前へでてタタミに額をつけて礼をしてみろ。オレが許すといわぬうちにオヌシの額がタタミから上ることができたらオレはオヌシの飯タキになろう」

その見幕が大変だから人々が間へはいって取りなした。仕立屋の件はそれでおさまったが、

「お前がそれほど出来ると思うなら、ただちに寄加持をやってみろ」

と大勢の者がいう。

「よろしい。やってみせるから、見ていろ」

夢酔はまず裸になって水を浴びてきた。それからミコをよんで、南平がした通りの仕方で祈ったら、ミコがいろいろのことを口走りはじめた。

「どんなものだ。ザマア見ろ」

と夢酔は散々高慢をいって帰った。

大勢の者はこれに驚いて、それ以来、南平にたのむと金がかかるから、夢酔にたのん

で加持をしてもらうようになった。

徳山という友だちの妹が病気で南平に加持をたのんだら生霊《いきりょう》がついてる。生霊を落すには五両かかると言う。あんまり高く吹ッかけるから夢酔に話をすると、

「よろし。オレがタダで落してやる」

三晩かかりきって、とうとう生霊を落してやった。そういうことが重《かさな》って南平は夢酔を恨み二人は仲がわるくなったが、夢酔はカゲ富に寄加持の手を用い、五両、十両、二十両というようにそれから何度もうけた。南平につぎこんだ伝授料は元をとり返してオツリが来たのである。

＊

夢酔が地所を借りていたのは岡野という千五百石の旗本であった。

千五百石といえば相当の大身《たいしん》だが、代々の放蕩つづきで貧乏で有名なウチだった。当主はまだ若いが、名題《なだい》の貧乏で嫁をくれる者がなかったのを、夢酔が世話をしてやって知行所《ちぎょうしょ》へ談じて出ない金をださせて格式以上の婚礼をさせてやったのである。

ところが結婚後追々《おいおい》と酒をはじめ、酒の相手の町人どもが奥へ入りびたるようになり、親類の者が当主をだまして遊ぶ金をかりる。毎晩が酒宴つづきで、せっかく夢酔が知行所へかけあって工面してやった金も婚礼用に買った品々もみんななくなってしまった。

そこで当主にたかっていた仙之助という親類の一人が、大川丈助という小金持を連れ

てきて用人にスイセンした。仙之助は大川丈助から五両の鼻グスリをもらってスイセンしたのである。

知行所の者どもがこの用人抱《かか》え入れに反対で、夢酔に止《や》めさせてくれと頼んだから夢酔がかけあってやると、たった五両の鼻グスリに目がくらんで、地主にいらざることをいう奴は地所を立退《たちの》けと言う。勝手にしやがれ、と夢酔は仕方なく見て見ぬフリをしていた。

鼻グスリをきかせて貧乏旗本の用人を志願するぐらいだから、丈助には考えがあったのである。用人に抱えられると、主人から金を貸してくれと云《い》われるままにハイハイと立て替えてやる。相当立て替えさせたからこのへんで丈助をクビにしようと追い出しにかかったところが、もとより丈助の方が役者が数枚上なのである。

「ただ今までのお立替えが利をつもってこれだけになっております」

勘定書を差出した。それが合計三百三十九両である。

このベラボーな、しかし明細な計算書をいったん主人に渡しておいて、主人が酒に酔った晩を見すまして盗み返して焼きすてた。

こうしておいて丈助は老中太田備後守《びんごのかみ》にカゴ訴《そ》をしたから事メンドウになった。丈助は用人志願の時から考えていた企みでこの仕事に命を張っている。穏便に払えばよし、払わなければ、旗本千五百石の岡野家もつぶれるが、丈助の命もない。

老中も事穏便にと心掛けてやったが、知行所からしぼるだけしぼり、借りるだけ借りつくしたあとで一両の金も出させることができない。すると、丈助の女房が代ってカゴ訴をやり、次にまた丈助がカゴ訴をやり、女房もまたカゴ訴をやった。

ギリギリのところへ来てしまったが、岡野は全く金策がつかず、丈助夫婦の命と一しょに家名断絶の瀬戸際となった。

ちょうど倅《せがれ》海舟の柔術の相弟子で名題の剣士の島田虎之助が夢酔のところへ遊びに来ている時であった。

丈助が外出しようとしたのを見張りの町役人が止めたことから刀をぬく騒ぎとなり、応援にでた丈助の女房に縄をかけたから、侍の女房に縄をかけたというので、丈助がたけりたって大騒ぎとなった。

そこで岡野の親類の者がたくさん揃って夢酔のもとへやってきて、どうか一ッ口をきいていただけませんかとたのんだ。すると夢酔が答えて、

「お前様のゴタゴタはかねて知らないではありませんが、丈助をお抱えになるとき、それはいけません、よくないことが起りますと申上げたところ、よけいなことをいう奴は立退けと仰有《おつしや》るから、それからは見て見ぬフリ、いまさら口をきいてあげるワケには参りません」

「そのことは幾重《いくえ》にもお詫《わ》び致すから、どうぞ御尽力ねがいたい」

「あの丈助はこの仕事に命をはっていますから、私には大敵で、とてもこの掛合いはできません」

島田虎之助が中にはいって、

「先生は今までいろいろ人を助けておやりだから、この一件もぜひ尽力してあげていただきたい」

と頼んだから、

「よろしい。それでは引受けてやりましょう。丈助と掛合ってきっと話をつけてあげるが、その代り、万事私の一存にまかせるという一札《いっさつ》を入れなさい」

一札をとっておいて、

「さて丈助と話をつけるには二ツあるが、金を残らず払って事を済ましましょうか、または一文もやらずに、話をつけましょうか。あなた様方のお望み次第に致します」

こう大きく出られると親類一同薄気味わるくなって、相談のあげく、

「無事勘定をすまして事穏便にすませるに越したことはありません」

「無用な金をやるにも及ばないと思いますが、ではそう致しましょう」

「一文も金をやらずに済む方法がありますか」

「その方法はお話し致すわけに参りません。それをきいて、目をお廻しになるといけま

せんから」

岡野の知行所は武蔵《むさし》と大阪在にあった。まず武蔵の知行所の庄屋をよんで、夢酔名義の借用として大阪行きの旅費四十両、岡野の家には食べる米もなくなってるから、その年の暮までの食べ料をだすように段々と理解を申渡して、ようやく承知させた。

それから丈助をよんで十五両の手金だけ渡し、大阪の知行所に金を調達させてくるから十二月まで待つように誓約書を交《かわ》した。

そこで夢酔は岡野の家来等お供《とも》を四人つれて大阪在の岡野の知行所へついた。代官の家へ逗留《とうりゅう》して村の者をよびよせて金策を申渡したが、ここは五百石高の知行所であるのに、すでに用立てた金は七百両もあり、この上は一文といえども出来ません、という返事である。ムリを承知で来た夢酔だから、あせらない。

夢酔はわざとノンビリ代官所に逗留し、村をブラブラ歩いたり、夜は代官の子供に軍談などを語りきかせて喜ばせてやる。

ところが江戸から連れていった猪山勇八《いのやまゆうはち》というのが事をあせって内々村方へ借金の強談判《こわだんぱん》に行ったから、村中が評議したのち竹槍を手に手に宿舎をとりまいて雑言《ぞうごん》をあびせる。その後も時々寺の鐘を合図に、集合しては押し寄せてくる。供の者はふるえ上って江戸へ帰ると言いだした。

夢酔はそれを叱《しか》りとばして、一同が押寄せるたびに紋服をきて百姓どもの列の中を一廻りしてくる。一しょに連れてきた侍の横田というのに命じて毎日の午前中は四書の講義をさせる。午後は伊丹《いたみ》の小山湯というのに入浴に行く。

大阪の町奉行の用人を知っていたから、それを訪ねて帰ると、大阪の奉行所から追っかけ使者がきて酒肴《しゅこう》を届けて行った。その肴《さかな》を村の者に配給してやったから、奉行所の肴だというので、いただいて食ったという。

もう大丈夫とにらんで、能勢《のせ》の妙見さまへ参詣するから、村の者数名にお供を命じるといって、鐘をついて竹槍さげて押寄せた大将分らしい奴だけ選んでお供を命じた。

当日に至って一同が集まったから、夢酔は紋服で現れ、代官に命じて、

「一同の雨具を用意いたせ」

「いえ、この節は日和《ひより》がよろしゅうございますから、五六日は雨は降りませぬ」

「オレが妙見さまに祈ると必ず雨が降ることになってるから、是非とも用意しなさい」

シブシブ雨具をもってきた。池田で休んだときに、

「コレコレ。カゴにかける雨具がないから取ってきなさい」

またメンドウなことをいって、シブシブ持って来させた。

能勢の山へのぼり茶屋でカゴから降り、ここより二十五丁の山径《やまみち》を歩いて頂上へ登る。それから裸になって水行をとって妙見さまへ静々と参拝する。御紋服をきているから、他の参拝人は逃げだしてしまった、門の外の茶店でゆっくり休息する。

なかなか雨雲が現れないな。しかし、どうやら現れた。現れなかったら、彼はどうするつもりだったろう。その時はその時の何かの策はあったろうが、とにかく、こういうところは賭《かけ》というものだ。賭がはずれれば、おのずから天来の打開策にたよるだけだし、すべてこれらの成り行きは、偶然のサイコロがどう出ようと、実は彼の腹の底にできている覚悟が支配するものであろう。

六甲山《ろっこうさん》から雨雲が現れてきたから、夢酔は合羽《かっぱ》持《もち》に向って、

「お前は仕合《しあわ》せ者だな。今に雨が降るから、荷が軽くなるぞ」

「いいえ、たとえ雲がでても雨にはなりません」

百姓一同が異口同音にいう。夢酔はトンチャクなく、

「下のハタゴへ着くまではこの雨を降らせたくないものだな。それ、みなのもの急げ」

と、渋る奴どもムリに急がせる。二十五丁の降り道を急いで、あと三丁という時に本当に大雨が降ってきてドシャ降りになった。

夢酔一行は代官所へ戻ってきた。

「雨の御利益《ごりやく》で金を出しそうになったかどうか見てこい」

それとなく人を派して村方の様子を探ると、百姓どもがビックリして帰った当日はどうやら出しそうになったが、その翌日の形勢ではもう半々になり、日がたてばすぐゼロになるのが分った。

夢酔は翌日お供をつれて大阪見物に行き、ゆっくり女郎屋へ滞在などして帰ってきた。

それから、村の者をよんで用立金の返答をきいたが、

「いろいろ骨を折っていますが、とてもできません」

という。

翌朝、代官をよんで、

「今日はオレの悦《よろこ》びがあって村方一同に酒を振舞うから、酒肴の用意をしておけ」

と入費を渡した。それから伊丹へ行き、白子屋という呉服屋で、諸麻《もろあさ》の上下三具と白ムクなど買ってきた。

百姓どもが集まったから、上下なく打ちとけて酒をのませ、夢酔が真ッ先に吉原で覚えたハヤリ唄をうたってきかせるから、百姓どもは飲めや歌えや大いに酔いがまわった。

湯づけを食べさせて宴を終り、一同を次の間に控えさせて、座敷に法の通りの切腹の支度をととのえさせ、彼は庭へ降りて手桶《ておけ》の水を三杯あびて白ムクに着かえ、その上に平時の服装をつけた。さて一同を着座せしめて、

「長らく滞在にも拘《かかわ》らず下知《げち》の趣《おもむき》きいれざる段は不届きである。金談は断るから、左様心得ろ」

「ハイ。ありがたくお受けいたします」

「しかしながら鐘をうちならし竹槍とって押寄せた段上《かみ》を恐れざるフルマイ、大阪奉行

に命じてきッと詮議致すから左様心得ろ」

こういうと百姓どもは涙を流して詫びを述べるから、これも聞き許してやる。

「しからば最後に申しきかせてつかわすことがある。その方らがこれまでに地頭の用立て金があまたあって迷惑の段はその理なきにしもあらんが、地頭家の家名に及ぶという際にこれを見捨てるとは思いがけざる仕儀である。オレの顔で千両二千両用立てるのはワケはないが、知行所の用立金で急場を救ってもらいたいという岡野の頼みによって、オレが引受けて用立金を下命に参った。約束して参った用向《ようむき》がかなわぬから、オレはここで切腹いたす。勇八らは帰国致して妻子へこの一条を話し、これをカタミに致すように」

と上に着ていた平服をぬいで手渡す。下から白ムク姿が現れた。するとお供の者がかねて江戸を出発する時から用意してきた首桶《くびおけ》を静々と持って現れる。夢酔が差料《さしりょう》をとって、

「これにてカイシャク致せ」

と渡す。それを受け取った喜三郎がサヤを払うと、百姓どもは、

「ゴメン、ゴメン」

といってフトンのまわりへ集まって、

「先だってより仰せの儀は家財を売り払っても調達いたします」

と言いだした。そこでカイシャクの喜三郎が涙ながらに刀をサヤにおさめると共に、それでは仰せの儀承知の旨《むね》一札だすように、とその場で連名の一札をとった。

こうして五百五十両の用金を差しださせ、江戸へ帰って丈助の三百三十九両を払ってやり、あとは岡野の費用に当てさせ、夢酔は旅費をださせただけで、一文も取らなかった。

もっとも幕府へ無断で大阪へ行ったのが知れて禁足を命じられたから、禁足中ちょうだいできない月給分月に一両二分、四人扶持ずつ岡野に出させた。

世間の人が百両ぐらいお礼をとれといったが、彼はどういうわけだか一文も取らなかった。岡野はお礼に木綿《もめん》一反持ってきた。

彼のお金モウケその他の着想は万事かくの如く個性的で工夫に富んでいた。しかし収支つぐなわなかった。ただ彼自身は我がまま一パイに自分の人生をたのしんだ。風の中のゴミのような人生に生命の火を全的にうちこんでいたのである。

息子の海舟はもッと立派なことに生命の火を打ちこんだだけの相違であった。

小西行長

信長《のぶなが》が秀吉《ひでよし》に中国征伐を命じたとき、中国が平定したら、お前にやろうと云《い》った。すると秀吉が答えて、中国なんぞはいりません。私にまかせておいて下されば中国の次は九州、九州の次は朝鮮を征伐しますから朝鮮をいただきましょう。その次には大明《だいみん》を征伐いたします、といって信長を煙にまいたという。

ところが中国征伐の最中に信長が横死し、秀吉は自然に後継者となって、予定の通り九州を征伐すると、対馬《つしま》の宗義調《そうよししげ》に命じて、次には朝鮮を征伐するから用意しておけと伝えた。また側近の者にも、九州の次は朝鮮、その次は大明だと壮語《そうご》して当るべからざる勢いであった。

今日の常識から考えれば、九州と同じように朝鮮と支那《しな》も攻略できるとカンタンに考えるのはムチャであるが、当時の常識とてもそうで、家康《いえやす》や三成《みつなり》はじめ当時の優秀な武将でこの遠征に賛成のものは殆《ほとん》ど居らなかったし、世人も秀吉は一粒種の鶴松《つるまつ》が死んだために発狂して朝鮮征伐を発令したと噂した。鶴松が死んだとき、秀吉は一時まったく発狂状態で有馬へ保養に行き、その死後十八日目に大陸へ遠征を発令したのであった。ところが、その五年前、九州征伐の時からもう秀吉は宗義調に朝鮮征伐の用意を命じていた。

秀吉は食糧や弾薬の輸送にはメンミツに意を用いてヌカリのなかった戦略家で、大陸遠征の距離の条件、異国の風習の中で戦う不利な条件などによほどの対策があって成算がなければ事を起さない人のようにも思われる。だから世間の常識ではなくとも彼の一存では充分に用意と成算あっての断行であったと見てやりたいが、彼が発言したり文字に書き残して今日に伝わるものはイタズラに大言壮語だけで、周到な計画性はうかがえない。

オレは日本の誰もまだやれなかったことをやってみせる。朝鮮大明はおろか南蛮天竺《なんばんてんじく》にもオレの名をとどろかしてやる。もっぱらこういう無邪気な広言を喚《わめ》いているだけだ。そしてヨーロッパの宣教師に向って、オレはこれから大明を征伐するが、いずれ印度《インド》の方へも行くから王様によろしく云っとけ、と威勢を見せて喜んでいる。

まだしも内地の戦争には研究も計画性もあったが、外地遠征に限って、向う見ずの鼻息だけなのも奇怪だ。昔元寇《げんこう》というものがあった。支那の方から朝鮮対馬を経てチャンと九州まで攻めてきている。さすればオレの方から対馬朝鮮を経て大明へも攻めこめない筈《はず》はない。こういうことが彼の可能性の基礎となっているかのようだ。

もっとも、秀吉自身の言説には見られないが、支那側は何からの判断かは分らないが秀吉の真意は貿易再開にありと見ている。当時ヨーロッパ船の入港によって海外貿易について新しい認識が生れており、また当時の支那貿易においては二束三文の日本刀で何倍の値の貴金属や織物などが買えるという利得も分っているし、海外貿易の商人だけで町をなしている堺の繁栄というものは秀吉のスイゼンの的でもあった。彼が海外貿易の重要さを痛感していたのは明らかだ。

けれども、それが彼の本心であったにしても、彼自らは決してそれを表明しておらず、もっぱら支那朝鮮日本三国にオレの名をとどろかし日本人のいまだやれなかったことをしてみせるというのが、この遠征に限って一貫して変らぬ、広言であった。支那と日本との歴史的関係がどうで、支那は昔からどのような強大国であるか、その距離がどれだけあるか、そんなことは問題にもせぬ。オレが出かければ一足で踏みにじるだけだと、頭からきめてかかっている。

細心周到の研究心を欠いて支那とはいかなる国か、敵国についてシサイに人の意見に耳を傾ける用意も心構えも失っている。これが、どうも、奇妙だ。秀吉は人に問うて耳を傾けることを知るについては常に心構えのあった人だが、この大遠征に限って向う見ずの鼻ッ柱と慢心だけが彼のむやみに表明し気負い立つ全部のものの支えのように見える。

重臣の多くは遠征に反対で、内々思い止《とど》まらせるよう淀君《よどぎみ》などを通じて裏から働いてみたりした者もあるが、誰も秀吉の向う見ずの鼻ッ柱に対して面と向って云うことができない。家康が秀吉の意に反したッた五千人の手勢をひきいて本営へ参加することによって、それとなく不本意を表明したぐらいが表向き現れた抵抗の全部であったのである。

重臣第一の家康も、側近筆頭の三成も表向き何もいえない有様《ありさま》だから、最初に遠征の用意を命じられ、朝鮮とのカケアイを命じられた対馬の宗義調、義智《よしとし》父子がこまったのはいうまでもない。

＊

宗義智は朝鮮の事情に明るい者を秀吉のもとへつかわして、出兵の代りにミツギモノと人質をとってすませてはと一応はいわせてみたが、秀吉はききいれるどころか、朝鮮王が日本の家来となって進んで入朝拝謁に応じなければ征伐の軍勢を送るから、そうかけあえと厳命した。

対馬は朝鮮貿易にたよって命脈をつないでいる小国だから、とても朝鮮に向って大きなことはいえない。そこで朝鮮から日本へ通信使を送ってくれないかとたのんだ。それを秀吉の前では朝鮮が帰服して入朝したというようにごまかして戦争をさけようとの腹であったが、通信使の派遣を朝鮮に二度たのんで、二度とも拒絶をくった。

ところが秀吉は小西行長《こにしゆきなが》と加藤清正《かとうきよまさ》を朝鮮遠征の先鋒に予定して九州に領地を与えて用意を命じており、朝鮮が帰順しなければ行長と清正をただちに攻めこませるから、と宗に向ってきびしくトクソクした。

もう猶予できぬから宗義智は自ら朝鮮へのりこみ、日本の派兵の用意ができていることを告げて、通信使の来朝を懇願した。そこで朝鮮でも事を荒立てたくないから、通信使をさしむけることになった。

むろん朝鮮側では対等国へ外交使節を送ったつもりで、宗義智と小西行長がこれを朝鮮帰服の使節ですと称して秀吉にひきあわせるものとは知らなかった。

宗義智は小西行長の妹を室としており、二人はこの件でははじめからレンラクがあったようである。まだそのころの秀吉は支那まで征服するなどとは言っておらず、朝鮮王の帰順入朝を命じさせて、きかないと軍兵《ぐんぴょう》を送って征伐すると公言していただけだから、秀吉をだまして朝鮮帰順と思いこませることができれば戦争は避けられると二人は考えていた。

朝鮮は当時は明国の属国であるが、歴史的に見れば日本も支那の属国で、席次は自分の下の国だと朝鮮側では考えていたのだから、日本の家来となって入朝せよと談判したってムダなことは分りきっている。だから名目は通信使で結構だから、外交交渉によって派遣に応じてもらう可能性のある使節をだしてもらい、これを秀吉の前へ連れて行って帰服の使者でございとごまかしてしまう。朝鮮語通訳は対馬に居るだけで、日本内地へ来てしまえば、学僧を間に立てて漢文で筆談してどうやら意志が通じるというテイタラクだから、秀吉と朝鮮使節の双方をごまかして、秀吉には帰服入朝と思いこませ、それを朝鮮側にはさとらせないという方策も可能であろう。これでうまく行きさえすれば戦争がさけられるのだから、と行長と義智は考えていた。

計画通りうまく行けば、当を得た策であったといえよう。そして、事実うまく行ったのだが、足もとから思わぬ伏兵がとびだした。これで戦争がまぬかれたと思いのほか、朝鮮の次には大明征服だと秀吉の慾《よく》が急に一ケタふくれてしまった。秀吉は朝鮮の使者に向って、

「お前の国がオレの家来になったから、次は大明国だ。近々大明国へ攻めこむからお前たちは道案内の用意をしておけ」

と命じ、それと同じ意味のことをもっと威張り返って表明した朝鮮王への返書を与えた。

朝鮮使節がこの返書を読んでみると、自分の国が日本の家来になって入貢《にゆうこう》したことになっているから驚いて談判すると、行長の通辞の学僧がシドロモドロにツジツマを合せ、返書の字を勝手に書き直してしまった。

こういう行きがかりによって、秀吉のみならず日本人全体が朝鮮は日本の家来になっ

たものと考えた。

＊

そこで大明進攻が発令されると、行長と義智はこまった。朝鮮が案内に立たないと、自分たちのカラクリがバレてしまうから、進攻に先立って秀吉に願いでて、朝鮮はああ云っても本当に道案内するかどうか不確かだからと交渉を許してもらった。後づめの清正以下の大軍を朝鮮の島や対馬や本土に待機させて、釜山に上陸、城主にかけあって、朝鮮近海だけでもすでに十数万の日本軍を待機しており、後づめは本土に無数に出陣準備完了して命令を待っている。いま秀吉を怒らせると忽《たちま》ち大軍が攻めこんでくるから、おとなしく道案内に立つ方がよかろうと脅迫したが、猿面郎が大明進攻などとは蜂が亀の甲を刺すようなものだ、と相手はせせら笑ってとりあわない。

義智の永年の屈辱的な折衝と板ばさみの苦痛がここに至って逆上的にバクハツし、いきなり釜山城へ攻めこんで攻め落す。

行長もあきらめた。こうなれば仕方がない。幸い自分が先鋒であるから、行く手に立ちふさがる敵を斬りふせ、まッしぐらに京城へ乗りこみ、朝鮮王と直談判して道案内を要求しなければならぬ。覚悟をきめて行長は進軍の号令一下京城めざして走った。

後づめの清正はじめ諸将は行長の心を知らないから、功をあせってだしぬいたと考えた。そこで待機の大軍はつづいて上陸、負けてなるかと京城めがけて殺到する。

清正は行長に一日おくれて京城に入ったが、京城突入の使者を急がせて誰より先に秀吉の本営へ到着させ、まさか一番のりでございとはいえないから、ただ今入城と報告、我こそは一番のりと思いこませる苦肉の策をめぐらしたが、行長の方は一番のりの戦功などにこだわっているような心境ではない。

京城に突入するや密使を朝鮮の本営にさしむけて、道案内の交渉をはじめたかと思うと、実はそうでないから面白い。彼は朝鮮の道案内などそッちのけに、明との和平交渉をきりだして、朝鮮にそのアッセン方を申入れた。

行長の腹では明との和平条約はどうでもよいという考えだ。朝鮮の通信使を帰順入朝の使節だとごまかしたデンで、明国とどんな国辱的な和平条約を結んでも、それを握りつぶして表向き分らなければ構わんじゃないか。その代り、とにかく名目はなんでもいいから明国の使者を日本へつれて帰って、これを明国の降伏入朝の使者でございとごまかしてしまう。

和平条約の内容がどうあろうと、明の使者を連れ帰ってなんとかツジツマが合いさえすれば戦争をしなくともすむ。シッポがでたら、オレが死ぬまでのことだという覚悟であった。

首府京城まで攻めこまれれば、朝鮮も日本の実力が分ったであろう。すでに朝鮮は足下にふんまえられたようなものだから、言われるままに明との和平アッセンに立ち働くものと見たのが大マチガイであった。

朝鮮側は日本軍を軽蔑した。いきなり明との和平アッセンを申入れるのは、ここまで攻めてくるのが精いっぱいのせいだろう。

朝鮮は明の援軍を当《あて》にしている。自分に実力がなくて人の力を当にする者に限って、後楯《うしろだて》をタノミに相手を軽蔑し易《やす》いものだから、なんだい、日本はそれだけかとにわかに舐《な》めてかかって、返答の代りに突然全軍をあげて行長陣へ逆襲をかけた。

行長も不意をくらッて一度は崩れたが、立ち直ると相手は鉄砲も持たない弱兵のことで、いっぺん進軍が止《とま》るとその一線が同時に逃走開始の地点、てもなく撃退されてしまった。

明の大軍が近づいた。京城に参集した日本軍はこの大敵をいかに迎え討つべきか軍略会議がひらかれる。敵の主力を迎えての一大会戦、だから、主力を京城に集中、堅陣を要所にかまえて敵の来るを待ち一大決戦を考えるのは理の当然。

しかるに行長がすッくと立ち上り、傍若無人の怪気焔《かいきえん》をはいた。

「お前さん方は明の大軍ときいて臆しましたね。源平の昔から日本の戦争では勝機は先制攻撃にありときまったものだ。拙者が習い覚えた兵法には守るという手がないね。よって、お前さん方がここに守陣をかまえるなら、それはお前さん方の勝手だが、拙者だ

け は只今《ただいま》より平壌に向って進撃します。ナニ、平壌までとは限らない。鴨緑江を越えて明国の首府京北までオレ一人で突ッ走るよ」

ムチャなことを言いだした。しかも当人は傲然《ごうぜん》とそッくり返って、他の将軍どもをこの弱虫めという顔だった。

行長にとっては戦略もヘチマもなかった。なんでもかまわん、全軍の先頭へでて、明軍の総大将と直接和平ダンパンしなければならぬ。先頭へ。先頭へ。問題は、それだけなのだ。

行長は平壌へ勝手に前進してしまう。他の者も仕方なしに、先頭の行長に合せてタテにのびた妙な陣をしいてしまった。このおかげで日本軍は大敗北を喫したが、改めて備えを立てると、歴戦にきたえた日本軍のこととて弱くはなかった。両々対峙して戦局停頓。行長はぬからず使者をたて秘密の和議に熱中した。

明国政府は軍隊が到着するまでのツナギの役のツモリかも知れなかったが、市井《しせい》の無頼漢の沈惟敬《ちんいけい》という者の才能を見こんで、和平使節として派遣していた。

沈惟敬は元来が国政などと縁のない市井人で、商人あがりの行長とは素性《すじょう》においても考え方においても相通じたものを持っていた。

彼は国家なぞというものが尊大にふんぞり返って名誉だの面子《めんつ》だのとこだわるのがおかしくて仕様がない。ムダな戦争なんぞしなくてすむならこれに越したことはないではないか。和議ですむなら、和議にかぎる。

彼は市井人の鋭敏なカンで日本の狙いは貿易だと見ていた。それが日本の狙いなら和議は易いと思っていたが、行長と交渉をはじめてみると、行長の気持は彼にピッタリ分って、和議などといういかめしさでなく、まるで商談のように気合の通じるものがあった。

行長が条約に譲歩の意をほのめかして、よしなき戦争をさけるためにしきりに和平を急いでいるから、惟敬はそこにつけこんで徹底的に支那に有利な条約へ持ってゆく算段ではあったが、しかし、とにかく戦争せずに和平の線でうちきりたいという点では両者はカンタン相てらし、和平などはいらぬことだという明軍の総大将李如松《りじょしょう》よりもむしろ行長の方が惟敬は好きであった。行長とてもそうで、好戦的な日本将軍よりも惟敬と相許す気持の方がはるかに強いものだった。

和議の条件として、朝鮮側から日本軍の釜山撤退と、清正に捕虜となった二王子の返還という二カ条をだした。ところが日本軍の撤退は日本軍を怒らせるし、二王子は清正の捕えたものだから行長の一存では決しかねることだった。すると沈惟敬は行長の気持を察して、日本軍の撤退も王子の返還も単なる面子問題で、急いでどうこうという大事ではない。実質的に有利な条約をかせぐのが今の急務だと考えたから、

「日本軍の面子をシゲキするだけのことに拘泥《こうでい》して和平をおくらせるのは無意味だから、

この二カ条は見合せて実質的に利得をもたらす条約をかせぐ方が得ですよ」

と説いたが、朝鮮側はこれをきいて大立腹、李如松またそれに輪をかけて怒って、

「この二カ条をけずって媾和《こうわ》とは明国の威信を汚す食わせ者だ」

と刀のツカに手をかけた。市井の無頼漢沈惟敬は本性を発揮してむくれた。

「あなた方は日本軍と対峙して睨《にら》み合ったまま自分の力で一歩も日本軍を押し戻せぬではないか。朝鮮軍ときては風にまかれる木の葉のように首府まで捨てて逃げだしたくせに、媾和条約を利用して撤退を要求してゆずらないとはお前さん方こそ国の威信を汚すものだ。たって撤退させたかったら自分の武力でやってごらん。お前さん方が敵を一寸一尺も押し返す力がないにも拘《かかわ》らず敵をまるめて有利な条約を結ぶためにオレが苦心しているのに、手前の力不足を条約で間に合わそうとは何事だ」

斬るなり突くなり勝手にしやがれと李如松の刀の前へどっかと大アグラ。沈惟敬とはこういう男であったから、自分方に条約の実質をとれば、あとは行長のタノミをきいてやり、彼の苦しい立場を救うために日本へ行って秀吉をだますための一役をかうことも辞さないような大胆不敵でキップのいい市井の侠客《きょうかく》的な外交官であった。

日本側からの要求は全部蹴《け》られて、貿易復活一ツだけ明側が承認した。ところが、これにも但《ただ》し書《がき》があって、足利義満の前例のように秀吉が、明に降伏してその家来となり、明王の名で日本国王に封《ほう》じてもらう。その上でなら貿易再開を許可してやるという。

この但し書に行長が思案にくれていると、惟敬は首をスポンと手で斬ってみせて、「ネ。これ、ネ。私もあなたにつきあって、日本へ行ってあげるよ。日本に降参した明の使者を連れてきたと云いふらして、日本の面子たてるよろし。それでもアンタがしくじるなら、地獄までもつきあってあげるよ」

そこでカンタン相てらした二人は、秀吉の降表を偽造して明に奉り、よって日本へ冊《さく》封使《ほうし》が送られる。この冊封使が日本の国では明からの降伏に来た使節とまちがえて扱われるのを承知の上で、沈惟敬は悠々《ゆうゆう》と、約束通り行長に地獄までつきあってやる覚悟で来た。

と、秀吉は使節を引見し、お前を日本国王にしてやるという明の国書をきく段でカンムリをつかみすて、国書を引き裂くという騒ぎが起きた筈であるが、実はこの国書は引き裂かれた跡もなく現存している。

朝鮮役というものは、このような細部に至るまで、史伝は現存の史料に食い違い、今もって真相はナゾなのだ。

以上のべたところは日本の史伝と支那朝鮮の史料の食い違いを池内宏博士や徳富蘇峰氏らが整理してこれが朝鮮役の真相だとほぼ定説化していることを土台に書いたものであるが、これが果《はた》して真をうがち、行長の外交の失敗に責を帰すべきや否や、これまた大いに疑問であろうと思う。

日本の使節が支那朝鮮へでむいて説得し、お前が日本に降参して家来にならないと攻めこむから、入朝の使節をだせとかけあうだけで、恐れ入りましたと使者をさしだすようなことが有りうると秀吉が信じていたろうか。日本のチッポケな城主でもカケアイだけでオイソレと帰服しなかったものだ。まして朝鮮は日本と対等の大国で、その上、大明国という後楯がついている。そういう大国が対馬の小大名のカケアイ一ツで降参して日本の家来になるなどということが有りうべからざることであるのは秀吉に分らぬ筈はなかろう。

*

通信使節が持ってきた朝鮮王の国書は、隣好を深めましょう。他の国よりも仲よくしましょうというだけの手紙だ。たったそれだけの意味の甚《はなは》だ事務的なもので読み誤りようのないものであるし、秀吉も読み誤ってはいなかろう。国書の文面が分り易い善隣使節のものであるにすぎないのに、仲介者の補足する説明で帰服し入朝したものと納得理解したなどということは、すくなくとも当事者その人にとっては有りうべからざることだ。まして人生の表裏に通じた秀吉においておや。問題は次の一点だろう。

「しかし、当事者が読みあやまるフリをすることにより人々をも読みあやまらせることはできる」

秀吉が朝鮮国王に与えた返書をよむと、お前の国が早々と、入朝したのは深謀遠慮の致すところで結構であるが、オレが大明征伐するとき、オレの軍営に来り投じるなら更に一そう隣好を深めることになろうとある。

つまりお前の入朝によって隣好を深めたが、さらに明征伐の軍事同盟に発展すれば一そう隣好を深めるものというべきであろう、という文章の綾《あや》で、この文章を表面的に解すれば、いかにも通信使節の国書にすぎない文章を入朝の国書と読みちがえているようにうけとれる文章ではある。

ところが実はその国書は入朝と誤解しようのないもので、お前さんが日本統一したのはかねて聞いていたが、道路湮晦《どうろいんかい》のため気にかけながらも賀辞をのべるのがおくれた。今後仲よく致しましょう、というだけの何の綾もないアッサリした文面にすぎない。

ところがこの事務的な儀礼文に対する秀吉の返書の気負い方は大変なものだ。自分の母が日輪《にちりん》フトコロに入るとみてオレを孕《はら》んだなどという自伝にはじまって、自分の強さや富力や政治才能をのべたて、オレの向うところ敵なく大明まで一本道だと大言を弄《ろう》して威張りまくっている。要するに大ボラをふいて威勢を見せるのが返書の目的にすぎないようだ。

つまり朝鮮王の国書が電報のように事務的でアッサリしているのを、秀吉の返書が一生ケンメイに補《おぎな》っているようなものだ。そういう心理作用を汲《く》みとることもできる文章なのである。

つまりその「実」がないと知ればこそ、この誇大な文章の必要もあったというカタムキを見ることができる。本当に先方がこッちを怖れ敬《うや》まって入朝したのなら、むしろ威張ることはない。お前の赤心見とどけた、以後忠誠をつくせというような事務的な返書の方がむしろ至当であろう。

しかるに返書は誇大で長文であるが、さてこの返書を読んだだけでは、朝鮮が日本の家来となるため挨拶に来たそうだが、その挨拶は国書によって示されたのか、使者の口頭で示されたのか他の何かで示されたのかは知る由《よし》もない。そして、そんな証拠は示さなくとも、これが何よりの証拠だとばかりに、威張り返り、ダボラを吹きまくって威勢を見せ、相手を一段も二段も低く見下して、早々とよくぞ入朝に気がついた、なぞとこれ見よがしである。かほどまでこれ見よがしにやらないと世人を説服《せっぷく》できないための苦労がうかがわれるような大努力である。

末尾に至ってにわかに軽く「いろいろの珍しい方物をおさめておく」と結んでいるが、この結びの一句に限っていと軽いのは、ここにだけ方物という言葉の示す入朝の物的証拠があるためで、ために文章を重くゴテゴテ弄する必要がないというオモムキを見ることもできるのである。

むろん朝鮮使節のもたらしたのはただの手ミヤゲで、入朝の方物とは意味が違うが、善隣使節にすぎなくとも国家から国家への手ミヤゲだから莫大な数量で、その数量は大名から大名へのチャチな手ミヤゲを見なれた世人をビックリさせるものであったから、そこにつけこんで、これを入朝の方物と見立てても不自然でなく、この一点に限って世人に入朝の事実ありと納得させる実力があった。したがって、この一事だけは実力があるから、この一句に限って文章軽く、しかも末尾に至ってさも何気なくちょッと思いついて執《と》りあげた余計物のように軽く流すことによって他の全文が実力をましたように見える。今までのゴタゴタとむやみに気負いたった威勢や見栄にもそれぞれ更《さら》に磐石《ばんじゃく》の根があるように納得させる効果がある。それを狙っているようである。そういう巧妙な文章と解する見方が可能なのである。中間に通訳が介在するにしても、この通信使節の国書のように飾りのない事務的な文章を議題にして、これを入朝使節《かわ》の国書なりと論断するに至る過程は考えられないものである。すくなくとも論議を交す当事者にとって不明確な外交問題はあるまい。正確な認識に至るまで論議されて余すところがないのが自然だ。

ただ外交は国民にとっては全く不明確でありうるし、一二の当事者以外の閣僚重臣にとってすら全く不明確でもありうるだけだ。私はこの戦争の結果そういうことを知った。そしてこの戦争から得た教訓のようなものは、歴史を解釈するメドとしては書斎の百年の推論をくつがえすに足る力があろう。

私は当事者の秀吉や側近随一の三成のような鋭い人々が通信使の明快な国書を入朝の

国書と誤断して疑わなかったということを信じることができない。

秀吉も三成も単なる善隣通信使と知りながら、入朝使と故意に断じた。それは国民の目をそう信じさせるためだろうと私は思う。

こう断ずれば付随して結論しうることは、二人のほかにこの事実を知っていた更に一人の人物は小西行長で、彼こそは秀吉の密旨《みっし》をうけて実地に活躍した朝鮮役の唯一の主役だという事実であろう。

行長は元来堺の貿易商人の倅《せがれ》で、備前の商人のところへ養子に行った男であったが、浮田《うきた》が秀吉に攻められたとき商人ながらも外交手腕を買われて降伏の使節にバッテキされ、それが縁で秀吉にも外交手腕を認められて武士にとりたてられた経歴の持主であった。

その彼が朝鮮役の最初のプラン時代から清正とともに遠征軍の先鋒に予定され、しかも清正よりも先頭の第一陣に定められていたということは、彼の役目がはじめから全軍の先頭に立って外交交渉に当ることにあり、つまりこの遠征には秘密の外交にゆだねられた隠された目的があったのだと私は思う。

その目的は恐らく貿易再開であろう。沈惟敬その他支那側がどういうわけか日本の真意は貿易にありといち早く見ているのはそのためであろう。

しかし、日本人にはなぜそれを隠す必要があったろう？　私の考えでは、朝鮮や支那に向ってカケアイだけで入朝しろ朝貢しろと命じてもハイ致しますときき いれるとは考えられないと同様に、従来の行きがかりから判じて貿易再開もカケアイだけでは見込みがなかったせいではないかと思う。今日と違って当時は貿易が重く見られていないから、貿易再開の要求のために大軍を動かすということは天下の英雄をもって任ずる秀吉にとってハバカリがあったろう。どっちみちカケアイで埒《らち》があかぬことなら、入朝を要求し、その拒絶を口実に戦争する方が外聞がいいし、秀吉の好みにも合っていよう。また表面入朝征伐を呼号する方が貿易を有利な条件で再開する一因になりうるという可能性も考えられよう。

だから、秀吉がカンムリをかなぐりすてて国書を破るべき場合は、朝鮮使節の国書の場合だってそうあってフシギはない筈だが、実はどっちの場合もそんなに怒ってやしないのだ。彼は知っていたのだ。ただ朝鮮使節の場合は入朝使節と思いこんでみせたり人にも思いこませたりする手段があったが、明の使節の場合はその国書を冊封使以外のものにこじつける手段がないと分ったから、二日目に至ってようやく怒ったのだろう。熟考して手段をもとめて良策を得ず、また人々の声をさぐってビホー策なしと知り、しからば怒る以外に手なしと断じておもむろに怒ったように私は思う。

秀吉としては大軍を動かすことの損失も貿易再開によって取り返せるとの計算あってやったのかも知れんが、なるべく損をしないように、またイタズラに戦争を大きくしないように、それが彼のひそかな、しかし激しい願望でもあったろう。

そして日本人には真の目的が知られぬようにツジツマを合せ、実情は自分が降参しても構わんが日本人には朝鮮と支那が負けて降伏入朝したと見せかけて、実は貿易再開の一事を成就すれば足るという計画であったろうと私は思う。

それらの願望をひッくるめて密旨の全部を一身にうけ、一任されて先頭に立ち、死にもの狂いで苦難の任務に挺身《ていしん》したのが行長であったと私は思う。

恐らく秀吉と三成以外の誰も知らない困難な任務であったが、行長の苦痛にみちた苦労がいかばかり激しいものかということは身にしみて知る秀吉であり、朝鮮通信使派遣にはじまって彼がむずかしい秘密の任務を人に知られず着々果《はた》してくれることに深く感謝していた秀吉ではなかったろうか。

清正が朝鮮の人々に向って行長は卑《いや》しい商人の生れだとヒボーしたカドによって召還されて罰を受けたのも、人に知られぬ行長の辛苦に深いイタワリがあってのせいではないかと考えられるのである。

戦略上では行長の平壌前進などは大失敗であるが、もっと小さな戦略の失敗でクビになって呼び戻された人があるのに、彼だけはお咎《とが》めなしであるし、外交上のことでも、沈惟敬に向って秀吉が投げつけた烈火の怒りの何分の一かは行長にも向けられて然《しか》るべきだが、そのこともない。むしろ行長は常にいたわられてために愛臣清正すらも不興を蒙《こうむ》るほどであった。

行長に限って高山右近《たかやまうこん》とともに最も深い彼の切支丹《キリシタン》信仰や宣教師保護が問題にもされず、はるかに信仰の浅い黒田如水《くろだじょすい》らが睨まれるというムジュンは、外交官行長の才腕が秀吉に高く評価され、支那朝鮮の次にヨーロッパとの外交や貿易の問題が秀吉の意中にあって、その外交の立役者も行長に予定されていたせいではないかと私は思う。

要するに行長は、秀吉が己《おの》れの意中を安んじて一任し得た当代抜群の外交家であったと私は判断するのである。

行長は朝鮮役の大役が完全な秘密外交に終始して、しかも失敗の全責任は己れの一身に着る必要があったような割の悪い役割であったために、その才腕は人の知るところとはならなかったし、また、切支丹は自殺を禁じられているために関ヶ原の役に負けて甘んじて縄目の恥をうけた事が武将にあるまじき卑怯《ひきょう》なフルマイと非難されるようなことが重なって、彼の才能は過小に評価されすぎてしまった。

しかし朝鮮役に行長の秘密外交が前線武将たちにも知られなかったという一事だけですら見上げたものではないか。公然と外交手腕をふるう機会にめぐまれたならその活躍は目ざましかったろう。

彼は随一の切支丹保護者とうたわれたほど信仰生活を偽らぬマジメな信徒であった反面、怪物的な無頼漢外交家沈惟敬ともカンタン相てらして利用され利用する境地をひらきうるほどの幅の広さもあった。しかも彼と相許した支那の怪物は、自分の国の将軍を裏切っても、行長を裏切ったことはなかったのである。

外交官の才能の絶対的な条件は誠意であるといわれているが、行長はその条件にかない、しかも神の国の人とも、怪物とも自在にそれぞれ正しく交《まじ》わるという珍しい幅の広さと術策にも恵まれていたのであった。

以上の評価は、行長が朝鮮役に見せた活躍を、秀吉は朝鮮の通信使節を入朝使節と誤断する筈はないという仮定から出発して考えない場合でも、当てはまるように思う。独断で和平を策したとすれば、その識見もまた偉《い》なりというべきではないか。そして全ては行長独自の画策断行であったとすれば、最後までシッポのでなかった神通力が一そう奇怪で怖《おそろ》しいようなものだ。

とにかく、実にジミで衒気《げんき》なく、しかも痛快な外交官であったと私は思う。

源頼朝

「顔大短身《がんだいたんしん》」と唱えると呪文のように語呂がよろしいが、頼朝《よりとも》がこう呼ばれているのである。顔が大きくて身体がその割に小さかったという。子供のころは大きな顔をもてあましてヨチヨチ歩いていたかも知れぬ。

源氏の大将義朝《よしとも》は平治の乱に負けて、長男悪源太《あくげんた》、次男朝長《ともなが》、三男頼朝をつれて京都から逃れた。ほかに鎌田《かまた》政清《まさきよ》ら四人の従者がついてきただけ。合計八人の落武者であった。頼朝はそのとき十三だ。当寺の寺宝頼朝公十三歳のサレコウベでござい、という笑い話のイワレインネンであろう。

頼朝は途中雪のために道に迷い父の一行にはぐれてしまったが、源氏にユカリの者に助けられてお寺の天井裏へかくまってもらった。納所《なっしょ》坊主が毎日見張りをしてくれたそうだ。

翌年の春、青墓《あおはか》の長者の家へ送りこまれた。この長者の娘は遊女で、父義朝のメカケであった。青墓の長者などというと物々しいが、遊女屋であろう。亭主はグレン隊の顔役かも知れん。頼朝はそのまた主筋の大ボスの若君だからこの遊女屋ではいとも鄭重《ていちょう》に扱われ、お寺の天井裏からだしぬけに下界の花園へ吸いこまれてきたような妖《あや》しい潜伏生活をつづけた。

かようなイキサツによって彼の十三歳のサレコウベは尚《なお》も発育をいとなみ、顔大短軀《たんく》の骨組を固めつづけることとなった。なぜなら、彼とはぐれた父の一行はそのころ非業《ひごう》の最期をとげていたからである。

悪源太と朝長は単身地方の源氏をかたらって再挙をはかることを命じられ、それぞれ途中から父に別れて出発したが、まだ十六の朝長は指定された行先がどッちの方向やらそれすらも分らぬところへ、戦争で重傷を負うていたから、とても使命は果たせないと観念して、戻ってきて、父の手にかかって殺してもらった。

長兄の悪源太は都へ潜入して清盛《きよもり》をつけ狙っていたが、捕えられて六条河原で殺された。

一方、父義朝は鎌田政清と金王丸《こんのうまる》と玄光という三人の豪傑をしたがえて、政清の女房の里へたよって行った。政清の女房の父長田《おさだ》忠致《ただむね》は倅《せがれ》の景致《かげむね》と相談して、義朝が風呂へはいっているとき家来の者に襲撃させて殺した。無二の忠臣政清も己《おの》れの女房の里で憤死したのである。金王丸と玄光は散々に敵を斬りちらしたあげく、敵の馬を盗んで逃げた。金王丸は当り前に乗ったが玄光は馬の首の方へ背を向けて乗った。手前が逃げるようではなくて敵が勝手に遠ざかるように見えてなんとなく溜飲の下るようなグアイであったかも知れんな。昔のグレン隊は捨てゼリフのタシナミについて幽玄の域に達していたのかも知れん。ムヤミに人の馬を盗んで逃げたがる西部劇の豪傑の手口にも見かけたことのない捨てゼリフの一趣向であるが、昔の日本の豪傑もマンザラ捨てたものではないではないか。物語作者の着想ならば、現代、つまりその一断片たる拙者自らの衰弱ザンキにたえざる次第です。

父と長男と次男が死んで、三男の頼朝が自然に源氏の正系となったが、悪源太と朝長は頼朝と同じ腹の兄弟ではない。

頼朝の母は熱田《あつた》大神宮の大宮司《だいぐうじ》の娘で、義朝のいくたりかの女房のうちでは一番家柄がよい。義朝は特に頼朝に目をかけていたが、それは頼朝の才能や将器を愛したせいで、決して母の家柄のせいではなかった。もともと女房の家柄などというものは、父親にとっては子の愛と関係のないものだ。特に、源氏という大きなそして悲運な氏族の長者となって多くの支流を統《す》べしたがえ、傾いた屋台骨の再興をはかる任務を負うた後継者を定める段となれば、その任務に堪《た》えうる器量が第一で、特別の好きな女の生んだ子だからとか、母の家柄がよいからなどと目先の感情では決しられない。

しかし器量が第一にはきまっているが、氏《うじ》の長者ということは形式的に貫禄を要するものでもあるから、その次には母の家柄というようなものが末流末端の善男善女を納得させる要素としては重要なものでもあったろう。

それらの点で、頼朝は生れた順は三男坊だが氏の長者の後継者としては一応善男善女の支持を受け易《やす》い有利な立場にあった。病気だ地震だ泥棒だと何事につけても一心不乱に仏像を拝んで伺いをたてるような時代だから、顔大短身などという異形《いぎょう》もニラミをきかせる御利益《ごりやく》の方が多かったかも知れない。

父も頼朝こそはわが後継者と見込んでいた。若年の長男次男に単身地方の源氏をかたらって挙兵をはかれと命じるなどは乱暴な話で、お前らは野たれ死んでしまえと突き放しているようなものだ。まだ十六の次男は行先の方向も分らぬ上に身に重傷すら負うているのだから、父の命令を果すのはとてもダメだと観念して父の手にかかって死ぬ方を選んだ。若年ながら天下にきこえた暴れん坊の長男にとっても、顔見知りもない他境で味方をかたらって挙兵などとは出来ない相談だ。生れつきケンカの術に心得があるから、出来ない相談を見分ける分別は達者だ。知らぬ他国へ単身のりこんで味方をかたろうなんてとうてい見込みなしと見切りをつけたから、単身都へ潜入して清盛をつけ狙った。これもチンピラ相手のケンカのようにはかどらず、逆に捕えられて殺されてしまった。義朝はそのへんの結末を見越した上で、長男と次男を突き放したのであろう。しかし、まさか自分が味方とたのむ者にはかられて暗殺されるとは考えていなかったに相違ない。

東国の源氏をかたらって挙兵し、われ一代で平家を倒すことができない時は頼朝に心をつがせてと落武者の暗い物思いにも希望の設計はあったのだ。

遊女屋にかくまわれていた頼朝は平家の侍にかぎつけられて捕えられた。六波羅《ろくはら》へ送られて死罪になることになったが、そのとき頼朝を捕えた宗清《むねきよ》という侍が、

「イノチが助かりたいと思わないか」

ときくと、十四の頼朝はこう答えた。

「戦《いくさ》に負けて父も兄弟もみんな死んだから、オレはイノチが助かりたい。坊主になって死んだ父の後世《ごせ》を弔《とむら》いたい」

なんとなく約束の違ったような理屈がおもしろい。戦に負けて父も兄弟もみんな死んだから——と言いだしたから、オレも死にたいとテッキリ言うだろうと思うと、オレはイノチが助かりたい、坊主になって父の後世を弔いたい、という。十四の小僧のくせにヒネクレた考え方をする奴さね。

考え方というよりも、言い方、表現というべきであろう。

「戦に負けて親兄弟みんな死んだから、なんのタノシミがあってこの世に生き永らえて候《さぶら》うべき」

と一息にまくしたててしまえば当り前の言い廻しだ。だいたい人間はふだんは考え深い人でも急場へくると当り前の言い廻しで自己表現するのが関の山のものである。至っ

てジミで事務家肌の浜口ライオン首相の如きですら東京駅頭でピストルに射たれたときに「男子の本懐」と口走ったという。だいたいその程度のものだ。急場にのぞんで、そう変ったことが口走れるものではない。

特に慣用というものには実体がなくて立板を流れる水のように習性があるだけのものであるから、

「戦に負けて父も兄弟もみんな死んでしまったから……」

と言いかければ、あとは立板に水で、

「なんの望みがあってオレだけ一人この世に生き永らえていたいことがあるものか」

と言ってしまう。こういう急場で慣用の文句を思いついて言いかければ、あとは人間もオームのようなものさ。

ところが頼朝はオームにはならなかった。とにかく彼は非常に生きていたかったのだ。しかし、万人が彼と同じ分量だけ生きていたいのだ。もっとも、なんの望みあって生き永らえて候うべき、と叫んだ瞬間に全く生きていたくない自分の心を自覚した人もたくさん有るであろうが、それは本当に生きていたくないのではない。その時だけカッとして生きたい願いを忘れていたにすぎない。ところが頼朝は、

「戦に負けて父も兄弟もみんな死んでしまったから——」

と言いかけたが、生き永らえたいという本心を忘れるどころか、思いだしてしまった。

つまり彼は甚《はなは》だしく素直なのかも知れん。そこで彼は慣用の立板に水の文句はそこまでで打ちきりにして、その次の句は改めて自分がかねて思っていた通りのことを言った。つまり、「私はイノチが助かりたい。そして父の後世を弔いたい」

これを顔大短軀の表現というのかも知れんな。あるいは非常に運動神経の発達した言い廻しで、変に応じて虚々実々に自己を正しく表現しうる天才があるのかも知れない。十四の小僧にしては物悲しいほどマセてヒネコビているようだ。東京駅頭でピストルに射たれても、この小僧ばかりは「男子の本懐」などと口走ることがなさそうだ。

もっともこの小僧はその後すくすくと顔大短軀に成長して、ピストルには射たれなかったが、五十三の年に馬から落ちたのが元で死んだ。馬から落ちたときなんと口走ったかは物の本にしるされていないのが残念だ。大方シカメッ面《つら》をしただけだろう。

＊

六波羅へ引ッたてられた頼朝は十四を一期《いちご》に河原に首をさらす順になっていたが、頼朝があんまりシオラシク私はイノチが助かりたいと言ったものだから、彼を捕えた宗清がフビンがって、清盛の継母で池《いけ》の尼《あま》という権勢ある貴婦人の袖にすがって頼朝の助命をたのんでくれた。そこで池の尼が手をつくして清盛にたのんでくれて、蛭《ひる》ヶ小島《こじま》へ流刑にまけてもらってくれた。蛭ヶ小島は海の中の島ではなくて、伊豆の韮山《にらやま》近辺の変哲もない里である。

伊豆へ流されるとき、池の尼は頼朝にさとして、

「フシギなイノチが助かったことを思い知り、私の言葉の末にも違《たが》わぬようにして下さい。弓矢や、太刀《たち》や、狩漁などは耳に聞き入れてもいけません。人は口サガないから、つまらぬことから無実の噂がたって再び私をわずらわすことのないように。毎年の春と秋とに二度衣裳をあげます。私を母と思い、私が死んだら後世を弔って下さいね」

といった。

ところが蛭ヶ小島へ流された頼朝はそれからのまる二十年間というもの、ちょッと恋などということもしたが主として念仏三昧に日を暮した。二十年間一日も欠かさずに一日に千百ぺんずつ念仏を唱えていた。千百ぺんというのは変な勘定のようだが、千べんのは父祖のため、百ぺんは鎌田政清のためだ。勘定の理屈は通っている。おまけに二十年目に忙しくなって念仏を唱えるヒマがなくなると伊豆山の法音尼《ほうおんに》という女聖にたのんで、代りに念仏を唱えてもらった。

日常の習慣的な瑣事《さじ》に至るまで、多忙にかまけて忘れるようなことがないらしく見える。つまり忙しくなると忘れてしまうようなこと、しても、しなくとも良いようなことは一切しない人のようだ。日に千百ぺんの念仏なんぞは信心のない者にはどうだってかまわぬようなものだが、彼自身にとっては多忙にかまけても忘れられない性質のものなのである。

彼が二十年間念仏三昧の殊勝な生活にひたっていたのは、池の尼の訓戒が身にしみたせいではない。心底からのものなのだ。彼が宗清に向って、

「私はイノチが助かりたい。そして父祖のボダイを弔いたい」

と言ったのは本心からで、六波羅に捕われて死刑を待つ日々にも、父母の卒塔婆《そとば》をつくるために檜《ひのき》と小刀の差入れをたのんだのだ。そして百本の小さな卒塔婆に仏名を書き、坊主をよんでもらって、所持金がないから着ていた小袖をぬいでお布施《ふせ》に差出して父母の供養《くよう》をたのんだ。

天下の平家を敵にまわして一手にひきうける源氏の嫡男《ちゃくなん》の威風なぞはどこにも見当らない。イノチを助けてもらって父祖のボダイを弔いたいというだけのミミッチくて、メソメソと、しかしシンから思いつめたマッコウ臭い十四の小僧にすぎないのだ。虎が猫に化《ば》けているわけではなくて、元々タダの猫にすぎないのである。特にメソメソしたセンチな仔猫なのだ。全然何物にも化けていない。化けるどころか、イノチを助けてもらって父祖のボダイを弔いたいと精一パイのことを告白に及んで裏も表もないという化け方一ツ知らずに泣きベソばかりかいている仔猫にすぎなかったのだ。

伊豆へ流されてからの二十年はまさしく化け方一ツ知らぬ泣きベソ猫の素直な延長であり、田吾作の倅の二十年間と甲乙のない平穏無事な成人ぶりであった。一ツだけ違っていることは、無為な二十年であったが、魂のこもった二十年であったことは確かであ

るという一事だ。

つまり「男子の本懐」なぞと立板に水の文句を口走ることができないという一事だ。イノチを助けてもらって父祖のボダイを弔いたいと告白したが、それが精一パイの本心だったし、毎日千百ぺんずつ念仏を唱えたが、それはどんなに多忙になっても何かの手段に訴えてあくまで継続の必要にせまられているギリギリの大事でもあった。しても、しなくてもすむようなことは天性的にしないタチの珍しい人間だったのだ。人の念仏は概《おおむ》ねカラ念仏にきまっているが、彼はカラ念仏の唱えられない天性で、したがって日々の千百ぺんもカラ念仏ではなかったし、さすれば「戦に負けて父や兄弟がみんな死んだから、私だけはイノチが助かりたい。そして父祖の後世を弔いたい」というネチネチした言い廻しが泣きベソのように精一パイであると同時に、ひとたび器をもれる機縁にめぐりあえば無限にひろがる水のエネルギーと同じような無際限の力をもつものであることを知りうるであろう。百姓の子の二十年と同じように平穏無為の二十年ではあったが、日々の千百ぺんの念仏がカラ念仏でなかったように、他の毎日のつまらぬ日常の行事にもいつも充実したエネルギーが満々と張りわたっていた。しなくてもすむ性質のものを行うことができない仕掛につくられたムダのない機械のようなものであった。誰かがバネを押して出口と方向を与えれば、そのエネルギーは低きに向ってひろがる水と同じように無限にひろがる力がこもっていたのだ。

無為の二十年の終りの方で、彼は恋愛というイキなことをした。相手は伊東祐親《すけちか》の娘の八重子である。

祐親は河津《かわづ》三郎の父である。河津三郎は曾我《そが》五郎十郎の父だ。祐親の兄は一児をのこして早世したが、死際《しにぎわ》に祐親をよんで遺児が成人するまでの後見をたのみ一切の証文類を託した。ところが祐親は兄の死後、兄の莊園を分捕ってしまい、遺児が成人しても土地財産一切横領して返さなかった。財産一切をまきあげられた兄の遺児が工藤祐経《すけつね》なのである。祐経が怒りにたえかねて人に命じ祐親の長男河津三郎を殺させたから、河津の子の五郎十郎が祐経を殺して仇討ちした。曾我の仇討の元はといえば祐親が兄の莊園を横領したからだ。八重子はこういう物騒なオヤジの娘であった。

伊東祐親は元来源氏の家来であったが、平家が天下を握ってからは平家について、頼朝が伊豆に流されると、その監視役を命ぜられていた。

ところが祐親が上洛中に頼朝と八重子は恋仲になった。千鶴という児《こ》まで生れて三つになった。つまり怪物オヤジの目をぬすんだ恋がまる三年ほどつづいたワケで、つまりその期間中怪物オヤジは六波羅につとめて領地の伊東を留守にしていたワケだ。

恋愛中の頼朝はどうやら伊東に住んでいたようである。日暮れの森にひそんで時を待ち、夜になると音無しの森で密会したという。音無しの森はいま松川河畔の音無神社のところだそうだが、なるほど祐親の館から降りてくると、地理的にも風光的にも、そのへんがアイビキに最適の場所だ。今でも伊東温泉の絶好のアイビキ場所なのである。

念仏三昧にかまけて恋にオクテの頼朝にとって、これが初恋であったかも知れない。顔大短身の念仏青年がたぎる血を押《おさ》え、はやる心を押えて日暮しの森の中にジッとうずくまっている様を考えると珍である。日暮しの森が今はどのあたりだか私は知らないが、直径四五寸もある大きなクモとムカデは伊東の木蔭《こかげ》の名物だ。彼の大きな顔の内部では、恋人のほかにクモやムカデについても多少の意識が騒いだり絡《から》んだりすることはあったろう。不足分の念仏を森の中で間に合せていたかも知れん。アイビキの手びきは八重子の侍女がしてくれたようだが、森の中にひそんで女中の合図や日暮れをボンヤリと待っている顔大短身の三十男に数年後のサッソウたる源氏の大将の武者振りを想像することは不可能だ。とにかく彼の初恋の手口においてはズブの素人のダラシなさが目立つだけで、その神妙な取り乱し様《よう》はなかなか愛嬌があるのである。

怪物オヤジが都から戻ってみると、おとなしい娘が三ツの子供を抱いてる上に、その子の父が主家の怨敵、自分が見張り役を命じられている頼朝だと分ったから、大そう怒った。三ツの子供を簀《す》巻《ま》きにして松川の淵へ投げこんで殺してしまった。子供を殺しただけでは気がすまなくて、頼朝の館を襲って殺そうとした。

「娘の男が商人や修行者ならまだよかろうが、源氏の流人《るにん》をムコにとったときこえては平家の咎《とが》めをうけても申開きが立たない」

というのが、頼朝襲撃に当って祐親のもらした言葉だそうだが、その心配もあってフシギはない。頼朝にとって非常に忠義な乳母《めのと》の娘が祐親の次男におヨメ入りしていたから、その次男から襲撃の計をひそかに頼朝に通報した。頼朝はこれをきくと、

「よく教えてくれた。年来の芳心かたじけない（というワケは八重子との仲を手びきしてもらった芳心なども含まれているのであろう）。あの入道に思いかけられては遁《のが》れようもない。さればといって身は潔白でありながら自殺するのも理に合わないから、運を天にまかせて逃げてみよう」

どうも、このあたりまでの頼朝は、なすこと、言うこと、哀《あわ》れである。時に頼朝は三十を一ツ越したぐらいの分別盛りであった。

頼朝は家臣に命じて、

「お前たちがここに居ると人はオレがまだここに居ると思うだろう」

と計略をたて、大鹿毛《おおかげ》という馬にのり、従者をたった一人だけつれて、真夜中に逃げだした。

網代《あじろ》をこえて熱海から伊豆山へ逃げたという説と、亀石峠をこえて北条（今の韮山。当時は北条時政の居館の地である）へ逃げたという説と二ツあるが、いったん伊豆山へ逃げたにしても、やがては北条に向ったろう。北条時政《ときまさ》は伊東祐親とともに平氏の命によって頼朝の監視役であった。時政も祐親同様元来は源氏の家来だが、平氏が天下をとっ

てからその家来になった。しかし、祐親のように苛酷な監視者ではなくて、頼朝に同情的であった。蛭ヶ小島は北条の近郊だから、時政が同情的だということは頼朝の日常生活の自由を相当に保障してくれている意味がある。頼朝が伊東にも居をかまえ、入道の留守に娘と恋をたのしんでいられたのも時政が黙認してくれればこそであったろう。

両々相対する監視者、北条のフトコロへ逃げこめばなんとかなろうというわけで、まっすぐ北条へか、いったん伊豆山へでて十国峠を越えて北条へか、どっちにしても山また山、断崖また断崖、幽谷《ゆうこく》、岩山、密林の連続だ。真夜中に馬にのって景気よく逃げることができるような街道とは話がちがうのである。拙者もさる事情があって二十世紀のこの路《みち》を自動車にのり泡をくらッて突ッ走った思い出があるが、ドライヴウェイのつもりでつくられたらしい二十世紀の道路ですらも、泡を喰らった勢いでむやみにぶッとばすことのできない難路なのである。真夜中にアカリもなく、心せくままに馬を急がせても、岩や木の根につまずくだけの話であろう。だから、このとき頼朝が身をひそめたという岩や穴ボコなどの存在が誰が見ていたわけでもあるまいに、伊東の山中に伝えられているのである。

＊

伊東を逃げての頼朝はしばらくヤブレカブレの心境だったかも知れない。北条の娘に恋文を送った打算的なところなどは、彼が将軍となって行《おこな》った経綸《けいりん》の堂々と正道を行く策やカケヒキにくらべると、いかにもミジメな窮余の策で、後日の彼の真骨頂たる風格とは遠いものがある。

窮すれば誰しもミジメになるもので、それは見てやらぬ方がよい。盛運順風の時に何を行ったかが大切で、第一、人が窮した時に行うことなどは天下の大事に及ぶ筈《はず》はないのであるから、とるにも足らぬことだ。

北条時政に二人の娘があったが、姉は美人だがママコであり、妹は正室の娘だが不美人であった。

頼朝は北条氏と婚姻して自分の力に頼もうと思い至ったが、ママコと結婚しては親が親身に力となってはくれまいと考え、ママコでない醜女《しこめ》の妹へ恋文をやった。

ところが文使《ふみつか》いの家来が道々己《おの》れの一存で思うには、だいたい人間というものは醜女と結婚して行末《ゆくすえ》永く円満に行く筈はない。イヤ気ざして捨ててしまえば北条が敵にまわってしまうのだから、どうもオレの主人はヤキがまわったのか考えることがオボツカない。美人と一しょならあんがい行末めでたく行くのが世の習いだから、かまうことはない。この手紙は美人の姉さんの方へ届けてやれ。こう考え、自分の一存で、勝手に美人の政子《まさこ》のところへ恋文をとどけてしまった。

ところが政子は恋文の宛先が違って届いたのを承知の上で、平気で頼朝と仲良しになった。政子に限らず、たいがいの美人はこういう時には満々と自信があるらしくて怒らぬものだ。却《かえ》って男の窮余の秘策を面白がったり憐れんだりして、よろしい気分になってくれるのである。こうなれば、元来がヤブレカブレの窮策だから、アベコベになっても、むしろ頼朝はマンザラではない。ミジメな窮策通りに醜女との結婚に成功した方が彼の心境を救いのないものにしたであろう。

時政が政子と頼朝の仲をたぶん承知の上で山木判官へおヨメ入りさせたこと。政子は知らぬ顔でいったん山木判官へおヨメ入りして、さッさと逃げてきて頼朝と一しょに伊豆山へこもったこと。政子の行動は闊達自在をきわめ、また甚《はなは》だ機にかなっていた。それはミジメに、ヤブレカブレにヒネコビてしまった頼朝の心を解き放す力となったであろう。源氏の嫡流たる衿持《きょうじ》は今やまったく失われて家門を売り物にする乞食貴族の心境になりきってしまいそうなところで、政子が転機の力となってくれたようなものであった。

父祖のボダイを弔う一心だけで念仏三昧にひたっていた時には他に慾念《よくねん》がなかった代りに、むしろ源氏の嫡流たるの衿持は磐石《ばんじやく》の根をその心底に下していたであろうが、文覚《もんがく》という坊主と会っておだてられてから、平家との対抗、挙兵、仇討というような源氏の嫡流の俗ッぽい任務を考えるようになり、あべこべに源氏の嫡流たる静かな本当の衿持を失いだしたのであろう。

そして、その時から、乳母の妹の子の三善康信《みよしやすのぶ》から一月に三度ずつ都の様子の通信を受け取り、他日に備えるような考えを起した。

このように、いつとも知れぬ時の用意に最も基礎的なことから研究に掛《かか》り備えを立てておくというのは彼の本来の性格で、このように万事にケレンなく正道を行くのが彼の大きな長所であった。むろん天下の経綸や政治に策はつきものであるが、彼の策はいつも本通りを歩いていて、枝葉にわたる策を弄《ろう》しない。

文覚におだてられて挙兵のことなどを考えると、まず都の様子を月に三度通信させることを思いついて実行したのはサスガであるが、挙兵、平家覆滅《ふくめつ》という源氏の嫡流たる任務を意識するにしたがって、身は一介の流人にすぎず、手兵もなければ財産も領地もなく、昔の源氏の家来の多くは平家について、頼朝が挙兵して平家退治をするなどとは狂気の沙汰だと概《おおむ》ねきめこんでおり、むしろ源氏の再興こそ笑うべき空想、こういう見方が昔の源氏のユカリの者にすら信じられている。そのように己れに不利で、よるべなく、世の信望を得ることも考えられぬ現実がきびしくヒシヒシとせまってくるのは当然のことだ。源氏の嫡流たる者の任務を考え、その意識が深まるにつれて、およそ嫡流の衿持を裏切るだけのミジメなよるべない現実を発見し、まったく実質の裏づけを失っている衿持の空虚な正体を見出して、その自信が喪失する一方であったのは当然すぎることであろう。

十三歳の頼朝は父の一行にはぐれてただ一騎夜道を歩いているとき、曲者《くせもの》どもにとりまかれて馬のクツワを押えられ脅迫されると、怯《おび》えもタメライも見せず曲者を一刀両断にした。

三十の頼朝は恋人のオヤジの入道が自分を殺しにくるときいて、あの入道に見こまれてはもはや逃げるスベもない。さりとて身は潔白でありながら自殺するのも理に合わないから、運を天にまかせて逃げてみよう、などと真夜中に馬にまたがり泡を喰らって逃げだすような哀れさである。衿持の喪失も甚だしいと言うべきではないか。

ママコでない方をヨメにもらった方が余計に力になってもらえるだろうというので、わざと醜女に当てて恋文を書くに至っては、まさに家名を売る乞食貴族のアガキにすぎないが、幸いにも文使いの通俗な胸算用と、政子の奔放な行動が機にかなって、頼朝は乞食になりきる一歩手前で足をとめ、立ち直る機会を与えられた。

そして政子の奔放な行動のアゲクとして二人が伊豆山に愛の巣をいとなんだところへ、平家誅滅《ちゅうめつ》の以仁《もちひと》王の令旨《りょうじ》がとどいた。

頼朝は感泣してこれをうけ、まったくこの時には、ために死するも男子の本懐と口走ったかも知れないほどの東京駅頭的な感傷の暴風裡《り》にうッとりと身を任せているような状態であったらしいが、ようやく乞食の一歩手前で足を止めたばかりの時であるから、男子の本懐なぞと口走ることの虚《むな》しさに気がつく分別もなかったのは仕方がない。

本当に人の心をゆりうごかす感動は、顔の表情の逆上的なユガミだの、涙だの、叫びだのを伴う必要のないものだ。それは本来最も静かなものである。なぜなら、本当の感動とは、その人の一生をかけたジミな不断の計算や設計の中にしかないからだ。本当の感動とは本当の生活ということであり、つまり一番当り前のタダの生活、着実をきわめたタダの生活ということでもある。

だから彼が感動に逆上亢奮《こうふん》して挙兵した当初というものは、まるでもう足が地を踏んでいないようなダラシなさであった。

平家血祭りの手はじめに政子が一度形ばかりのおヨメ入りをした山木判官を選んだのは、政子のことが根にあってのせいだけでないのは確かであるが、この初陣《ういじん》に当っての頼朝の亢奮《こうふん》というものは甚だ大人気《おとなげ》ないものであった。

たのみの佐々木定綱《さだつな》が約束の日時に来ないので頼朝が心配したのにフシギはないが、居ても立ってもおれぬぐらい取り乱しすぎているのはあさましい。定綱は洪水のために一日半もおくれてしまったのだが、その到着を見ると頼朝はハラハラと感涙を催《もよお》してしまったそうだが、これもダラシがない。また、このたびの戦争はオレの一生の運命を卜《ぼく》するものだからなぞとこの同類のことを機を見ては言いたがり、その皮相な気負いに引きずり廻されているようなのも見ていられないような青臭さだ。

それでも初陣のこの一戦は敵が弱少のことではあり、先方は何も知らずに備えを忘れているところへ奇襲をしかけるのだから、成功しなければ天下のフシギのようなものだ。

そういう安全率や成功率が多くて赤子の手をひねるようなナグリコミに大ゲサに亢奮してウワずッているのだから精神的に落ちぶれて常軌を逸している証拠であろう。まさに乞食貴族にあと半歩という至らざる心境にアクセクしていることを物語っているものであろう。

第二戦が石橋山の合戦で、彼はここで手ひどく敗北した。この敗北が非常に薬になったようだ。数日間生死の関頭《かんとう》をさまよいつづけ、薄氷を踏む思いに追いたてられて箱根山中を逃げまわったのだが、実のない虚《むな》しさをさとるには何よりのイノチガケの数日間の悪戦苦闘によって、十三歳の頼朝がすでに磐石の如くに身につけていた源氏の長者の衿持を彼は再び己れの物とするエニシをつかむことができたようだ。その衿持とは実に無理をして発見し会得《えとく》する必要のない身についた自然の状態を指しているにすぎないのだ。

石橋山に陣をしいたとき、頼朝にしたがう味方の全員はたった三百騎にすぎなかった。つまり頼朝の実力、そして要するに源氏の嫡流の衿持に値《あたい》するところの実力は、その日までにおいてはこの三百騎がギリギリの全部であったのだ。この貧しい現実をハッキリと認めることが、再び元の正しい衿持に至る唯一の道であったろう。

三百騎の源氏勢に相対して山下に陣をかまえた大庭《おおば》三郎は三千騎の手兵をしたがえていた。また頼朝の背後の山には、谷を一ツ距《へだ》てて伊東祐親が三百余騎をひきつれて陣し、隙を見て襲いかかる体勢であった。両面に敵をうけ、しかも数においてすでに問題にならない。日暮れに及んで暴風雨になったとき、敵の攻撃がはじまったが、源氏の豪傑がいかに奮戦しても数においてとうてい問題にならないヒラキがあっては仕方がない。夜中に椙山《すぎやま》へ逃れ、翌日は後の峰へのがれ、さらに頼朝は山上へ山上へと岩をよじて逃げ登った。北条父子その他多くの味方はすでに山上へよじ登る体力も失ったから、まだ体力のある者を山上へやって頼朝の様子を見にやると、頼朝は倒れた木の上にションボリ立っておって、傍には土肥実平《どひさねひら》が一人居るのみであった。

一同は無事を喜び合い、改めて頼朝についてお供《とも》をしたいと申出たが、土肥実平がこれを制して言うには、

「頼朝公一人ならば十日や一月でもかくまう計はあるが、大勢が一しょにいては発覚しやすいから、皆さんは一応散っていただきたい」

けれども一同の中にはたッてお供をしたいと言い張る者もあり、頼朝はそのたのもしさに力を得てか、すぐにもお供についてくることを許可したい様子がアリアリ見てとれるから、実平は重ねて一同を制して、

「別離が一時的に悲しいのは当然だが、後日の大功を考えて、ともかく今は一同の生命を完《まっと》うする計をはかるのが何よりである。イノチあってこそ後日の雪辱ができるのだから」

と埋をつくして説いたから、一同も納得して、山中でチリヂリに別れて退去した。

石橋山は土肥実平の領地に近く、あたりの山々は自分の領地のつづきだから実平はその山中の様子にくわしく通じている。そこで彼は頼朝をまもって敵の目をさけ数日の間箱根山中を彼方此方《あちこち》と逃げて歩いた。一時は敵の梶原景時《かじわらかげとき》に所在を見破られたこともあるが、彼の情けによって見逃してもらッたようなこともある。ついに頼朝もここを死場所と覚悟をきめたらしく、頭のマゲの中から小さな観音の像をとりだして山中の石窟の中へ安置しているから、

「どうしてそんなことをなさるんですか」

と実平がきくと、

「やがてオレの首は敵にとられるだろうが、マゲの中から観音サマが現れたなぞと世に聞えては源氏の大将にふさわしからぬ女々《めめ》しさと後指をさされて世人の物笑いになるかも知れないと怖れるからさ。この仏像はオレが三ツのときウバが清水寺に三七《さんしち》二十一日の参籠《さんろう》をしてオレの将来を祈願してくれたが、その折に夢のお告げがあって忽然と手に入れたという仏像だよ」

なぞと語った。

実平の姓の土肥は彼の所領の土地の名だが、伊豆西海岸の土肥温泉のことではなくて、今の湯ヶ原や吉浜のことだ。だから実平は箱根山中の地理にくわしく、頼朝を彼方此方

とひきまわして敵の目をくぐり数日間山中に隠れていたが、それでも発見されそうだから、ついに吉浜へでて、真鶴《まなづる》岬から舟にのっていったん房州へ落ちのびた。

合戦開始から房州到着まで、ちょうど一週間であった。

この徹底的な敗戦以来、頼朝は別人のようになった。房州でも頼朝の懸命の募兵は全部で三百騎がギリギリだったが、そこへかねて手兵をひきいて参会せよともとめておいた上総権介広常《かずさごんのすけひろつね》という者が二万という大軍をひきつれて頼朝の軍門に馳《は》せ参じた。ところが頼朝は何日間も懸命にフレを廻して掻《か》き集めたのがようやく三百騎にすぎないというう相変らず昔の縁者にも見すてられた貧しい人気であるのに、二万というケタの違う大軍の参着に喜ぶどころか、

「なぜ、こんなに、おくれたか——」

とイキナリ一喝。

「キサマのような奴はオレの家来にしてやることができないから、さッさと帰れ」

ハッタと睨《にら》んで怒鳴りつけて、詫びを入れてもにわかには聞きいれそうな気色《けしき》がないほどすさまじい気色であったという。広常は実は頼朝をひやかしにわざと大軍をしたがえて来たもので、次第によっては頼朝の首を叩き落して平家へ献じてやろうかぐらいの気持もいだいていたのだが、頼朝のすさまじい気力に押されて一気に心服してしまった。彼のひきつれた二万の大軍は労せずして頼朝のものとなったのである。

はじめて兵をつのり、初陣に山木判官を血祭りにあげるときめたとき、頼朝は佐々木定綱の遅参を案じて居ても立ってもおられぬほど気をもみ、洪水に道をはばまれて一日半おくれて参着した総勢たッた四名の佐々木兄弟を見ただけでハラハラと感涙を催したという。それはわずかに一カ月前のことだった。あまりにも急速な、そして大きな変り様《よう》であるが、生死の瀬戸際のギリギリのところを一週間もさまよった石橋山の大敗北が彼に再び源氏の嫡流たるの衿持を与える大きなヨスガとなったのであろう。

それからの頼朝は本来の堂々たる大将軍であり大政治家であった。幕府を鎌倉に定め、政治向きのことでは常に人を介してのみ朝廷と折衝し、直接朝廷と接触することを徹底的に避けた。儀礼上の用向きで上洛したことはあったが、政治向きの用ではコンリンザイ鎌倉の地から動いたことがない。

以上は当時のガンたる院政の正体を洞察した上での深い思慮からでていることで、院政につきものの気まぐれ政治や陰謀政治を抑え、また、それらの気まぐれや陰謀の渦から常に自分の身を離しておくには、こうすることが唯一の手筋《てすじ》であったかも知れない。三善康信から月に三度都の様子の報告を受けていた用意がこういうところに生きて現れているのかも知れない。

彼の施策は悪に対して厳格であったが、民の生活へのイタワリ、また彼らの安穏な生活を保証することをもって政治の当然な義務の一ツと見てそれに副《そ》う施策に絶えず意を用いていたことも、その根抵に別に思想というほどのものもないのだが、その代り大地から生えたような安定感がある。それは彼自身の生活や生き方などを心棒に編みだされたものだからであろう。つまり、彼の私生活は自分の政治を裏切ることがなかった。

鎌倉幕府の諸政策は概ね独創的で、またそれからの何百年かの武家政治の御手本となったものだが、その独創性はかりにそれを着想したブレントラストが他にあったにしても、同時に彼自身の物であったことも否《いな》めはしない。

私は判官《ほうがん》ビイキにも反対ではないが、義経《よしつね》には民を治める特別の識見も才能もありやしない。その点になると月とスッポンぐらいの差があるから、判官ビイキの観点だけで二人の人物を比較するのは全然お話にならないのである。

［完］

坂《さか》口《ぐち》安《あん》吾《ご》 著
安《あん》吾《ご》史《し》譚《たん》
2017年10月10日初版第一刷
印刷・日本ハイコム　発行・土曜社
東京都渋谷区猿楽町11-20-301
初出「オール読物」1952年 1 月～ 7 月号

土曜社の刊行物

西暦	著者	書名	本体
1791	フランクリン	フランクリン自伝	1,850
1904	岡倉天心	日本の目覚め	714
1906	岡倉天心	茶の本	595
1914	マヤコフスキー	悲劇ヴラジーミル・マヤコフスキー	952
1915	マヤコフスキー	ズボンをはいた雲	952
1916	マヤコフスキー	背骨のフルート	952
	マヤコフスキー	戦争と世界	952
1917	マヤコフスキー	人間	952
	マヤコフスキー	ミステリヤ・ブッフ	952
1919	大杉栄	獄中記	952
1920	マヤコフスキー	一五〇〇〇〇〇〇〇	952
1922	マヤコフスキー	ぼくは愛する	952
	マヤコフスキー	第五インターナショナル	952
	大川周明	復興亜細亜の諸問題　上	495
	大川周明	復興亜細亜の諸問題　下	495
1923	大杉栄	日本脱出記	952
	大杉栄	自叙伝	952
	山川均ほか	大杉栄追想	952
	大杉栄	*My Escapes from Japan*（日本脱出記）	2,350
	マヤコフスキー	これについて	952
1924	マヤコフスキー	ヴラジーミル・イリイチ・レーニン	952
1927	マヤコフスキー	とてもいい！	952
1928	マヤコフスキー	南京虫	952
	マヤコフスキー	私自身	952
1929	マヤコフスキー	風呂	952
1930	永瀬牙之輔	すし通	795
1939	モーロワ	私の生活技術	795
1952	坂口安吾	安吾史譚	795
1953	坂口安吾	信長	895
1955	坂口安吾	真書太閤記	714

西　暦	著　　者	書　　名	本　体
1960	ベトガー	熱意は通ず	1,500
1964	ハスキンス	*Cowboy Kate & Other Stories*	2,381
	ハスキンス	*Cowboy Kate & Other Stories*（原書）	79,800
	ヘミングウェイ	移動祝祭日	714
1965	オリヴァー	ブルースと話し込む	1,850
1972	ハスキンス	*Haskins Posters*（原書）	39,800
1991	岡崎久彦	繁栄と衰退と	1,850
2001	ボーデイン	キッチン・コンフィデンシャル	1,850
2002	ボーデイン	クックズ・ツアー	1,850
2012	アルタ・タバカ	リガ案内	1,991
	坂口恭平	*Practice for a Revolution*	1,500
	ソロスほか	混乱の本質	952
	坂口恭平	*Build Your Own Independent Nation*（独立国家のつくりかた）	1,100
2013	黒田東彦ほか	世界は考える	1,900
	ブレマーほか	新アジア地政学	1,700
2014	安倍晋三ほか	世界論	1,199
	坂口恭平	坂口恭平のぼうけん　一	952
	meme（ミーム）ひがしちか、塩川いづみ、前田ひさえ	３着の日記	1,870
2015	ソロスほか	秩序の喪失	1,850
	防衛省防衛研究所	東アジア戦略概観2015	1,285
	坂口恭平	新しい花	1,500
2016	ソロスほか	安定とその敵	952
年二回	ツバメノート謹製	Ａ４手帳	952

※全53点，成立年順，2017年10月